待っていても、はじまらない。

潔く前に進め

阿部広太郎

弘文堂

想像してみてください。
前を見る。
先輩たちがずらりと並んでいる。
後ろを振り返る。
後輩たちが待ち構えている。
左右を見回してみる。
同期たちが自分と同じように
列の一部になっている。

ぎゅうぎゅうの世界の中で、
列はゆるやかに進んでいく。
どれくらい待っていれば、
目的に到達するかも定かではない。
そもそも目的が何かもぼやけてきた。

そんな時、
あなたはその列で待ちつづけますか？
それとも、
自分の意志で一歩を踏み出しますか？

はじめに

いま、どの業界、どの仕事でも、順番待ちが起きていると言われている。大御所の方たちがまだまだ現役で活躍している。すると若手にチャンスがまわってこない。それだけではない。まわりと自分を比較して、一喜一憂して、心のエネルギーが奪われていく。じりじりとそんな状態がつづく。時代が激しく変化する中で、先輩たちの背中を見つめて、じっと待っているべきなのか。同期と比較をして、自分の立ち位置を見つけていくべきなのか――

僕はいま、電通という広告会社でコピーライターという仕事をしている。入社早々、配属されたのは人事局。そこから試験を受けてクリエーティブ局へ。コピーライターの肩書きを持ち、仕事に取り組んできた。自分という存在を見つけてほしくて広告賞の受賞を目指し、たくさんの先輩たちの背中を見つめながら、いわゆる広告業界にどっぷりとつかってきた。

このままでいいのだろうか。ある時、僕は思った。この順番待ちの状態を自分はどうするのか。ちょっと考え方を変えてみると、「待ち時間」は、「持ち時間」でもある。自分の持ち時間を、どう使うかは自由のはずだ。

だから僕は、列の先頭にいる大御所の方たちから、「一緒に仕事をしよう」と選ばれるのを待つのをやめた。自分の手と足を動かして、人に会いに行く。恥をかいたとしても、思いを伝える。どんなに小さな仕事でも、一つずつかたちにしていく。何もかもを得ようとするのではなく、自分の大切にしたいことを定めて、潔く前に進んでいく。自分の道は、自分でつくる。列で待つのをやめ、一歩を踏み出したその瞬間に、生きている実感が湧いた。

本当は、自分の年齢や会社の年次に遠慮する必要はない。人の役に立てることが一つでもありさえすれば（僕にとってそれがコピーだった）待っているだけではなく、できることは山ほどあるはず。そのことを僕は広告業界で、自分の道をつくりながら感じてきた。

では、他の業界の方はどうなのだろう。働き方、もっと言うと生き方について、同世代の方たちはどう道をつくってきたのだろう。その話を伺えたら、きっと、誰にとっても、自分の道をつくるヒントになるはず。そこで、脚本家の渡辺雄介さん、作家の白岩玄さん、映画監督の松居大悟さん、芸人の芦沢ムネトさん、社会学者の古市憲寿さん、漫画家の清野とおるさんと対談を実施。そして、それぞれの対談から見えてきたテーマをもとに、孤独だった僕が現在の生き方に至るまでのエピソードを書いた。

この本に書かれた、僕も含めて7人の道の話。読んでくださったあなたが、自分の道をつくりたくて、一歩踏み出したくて、うずうずしてくる。心に火がつくような、熱い気持ちになってもらえたら、僕はとても幸せに思う。

あなたの道をつくるために。はじめます。待っていても、はじまらない。

目次

第1章／夢を動かす

脚本家　渡辺雄介
ずっと「やりたい」宣言してた。
自分を客観的に分析しました。

阿部　『20世紀少年』（※1）や『進撃の巨人』（※2）など、脚本家として数々の作品を世に出されている渡辺さんのこれまでの経緯を、教えてください。

渡辺　書くことが好きだったんです。プロレスよりもプロレス雑誌に、サッカーよりもサッカー雑誌にはまって、いつか物書きになりたいと思いはじめていました。

中学・高校は早稲田実業学校に進学したんですけど、高校3年生の時に、早稲田大学のどの学科を受験するか、決めるタイミングがあるんです。大学にテレビや演劇、映画に関する学科があることを知って、これだ！と文学部の演劇映像専修に進学しよう

渡辺雄介（わたなべ　ゆうすけ）
1979年生まれ、千葉県松戸市出身。早稲田大学第一文学部演劇映像専修卒業。大学在学中に日本テレビ系列深夜ドラマshin・D『チェリー』にて脚本家デビュー。オリガミクスパートナーズ所属。

※1『20世紀少年』
『ビッグコミックスピリッツ』で連載されていた浦沢直樹による漫画、『本格科学冒険漫画 20世紀少年』を原作として制作された日本映画。2008年から2009年にかけ3部作で公開された。監督は堤幸彦、主演は唐沢寿明。

20世紀少年〈最終章〉ぼくらの旗［スペシャルプライス版］

と決断しました。

阿部　その頃から脚本家になることを意識していたんですか？

渡辺　そうですね。大学を卒業してから何をやろうかと、将来の職業を考えた時、「あ、自分、嘘をつくのが好きだな」と思って（笑）。

人を楽しませる嘘も含めて、トラブル回避のためだったり、話をスムーズに進めるためだったり。嘘をつくとうまくいくことが多い気がして。そんな風に自分を客観的に分析しはじめました。

当時（1997年）の年収の相場も参考にしましたね。それで、「あ、脚本家だ！」と思い立ったその時に、たまたま、新聞のテレビ欄で、「日本テレビシナリオ登竜門大賞500万円！」という募集を見つけたんです。

阿部　それでまさか？

DVD発売中
発売元：バップ
©1999、2006 浦沢直樹 スタジオナッツ／小学館
©2009 映画「20世紀少年」製作委員会

※2『進撃の巨人』
『別冊少年マガジン』にて2009年から連載されている諫山創による同名の漫画作品を原作とする実写映画。2015年、2部作で公開。監督は樋口真嗣、主演は三浦春馬。

進撃の巨人 ATTACK ON TITAN 通常版
DVD発売中
3800円＋税
発売元：講談社
販売元：東宝

渡辺　出しましたけど、当然落ちました（笑）。

阿部　でも、出すだけでもすごいですよ。

渡辺　実は背中を押してくれた人がいるんです。当時、サッカー雑誌のインタビューで読んだんですけど、中田英寿選手（※3）がプロになる高校3年生の時、英語教師になるか、サッカー選手になるかで迷ったけど、「サッカー選手の方がギャラがいいので、サッカー選手にしました」と仰っていて。やっぱり社会に求められている価値をわかりやすく反映しているのは、いくら稼げているのかということだと思ったんです。

阿部　自分のやりたいことと、社会に求められていたものが合致した感じですよね。

渡辺　そうですね。シナリオコンクールには2、3回出しました

※3 中田英寿
1977〜
元サッカー選手。FIFA親善大使。株式会社東ハト執行役員。1995年、18歳でベルマーレ平塚からプロデビュー。日本代表のFIFAワールドカップ3大会連続出場に貢献。1998年、イタリア・セリエAに移籍。その後も活躍を続け、2006年、29歳で現役引退を表明した。

が、選考を通らず、日本テレビのシナリオ学校に通うようになりました。

できるやつは既に脚本を持っている。

渡辺　シナリオ学校には大学3年生の前期と後期、合計1年間通いました。初級者コースと上級者コースがあって、最初、初級者コースに通ったんですけど、講師としてやってきた日本テレビのプロデューサーさんが、講義の最後、黒板に住所を書いたんです。やる気のある人は脚本を送ってこいと。

阿部　おお、それはすごい。

渡辺　そして、そのプロデューサーが言うんです。「だいたいこういうのは、1週間かけて送ってくるようなやつはダメだ」と。

「1日だ。1週間で書くとかじゃなくて、できるやつは既に脚本を持っている」と。まさかそんなことを言われると思ってなくて、僕はその時、脚本を持ってなかったんです。
その後、上級者コースに通いはじめた時、あのプロデューサーがまた来るぞと思っていたら、本当にまた来て、同じことを言うんです（笑）。ずっと考えていたものを1日で出しました。

阿部　書いて準備してたんですね。

渡辺　そうしたら、「面白いから会いましょう！」ということになりました。

阿部　プロデューサーと会って、その時はどんな話をしたんですか？

渡辺　とりあえずドラマの脚本を書いてみてくれ、となりました。

メインの脚本家がいるので、サブとして入って2話だけ書いてくれと。そこで、頼まれてもいないのに、全話の脚本を書いて渡しました。僕の方が面白いですって。

阿部　攻め攻めですね。自分の与えられた範囲だけじゃなくて、全部考えたからこそ、ドラマ『チェリー』（※4）で脚本家デビューできたんですね。

渡辺　いま考えると…とんがってましたね（笑）。

阿部　脚本家デビューしてからは順調だったんですか？

渡辺　いや、そこからはもぐりました。ぐぐぐっと行くかと思いきや、そう簡単にはいきませんでした。

脚本家の世界って、まず、プロデューサーに呼ばれて企画書をつくったり、リサーチをして資料を集めたり、プロットライター

※4 チェリー（2001年8月）
1996年～2001年まで、日本テレビ系列の深夜帯のドラマ枠「Shin・D」で放送されていた作品のうちの一つ。

と呼ばれる仕事があるんです。通常、プロットライターを経て脚本家になるんですけど僕は一度デビューしたあと、逆にその時期に入るというか。

阿部　いわゆる走り込みのような、基礎体力づくりですかね。

渡辺　そうですね。その頃は、勉強するか、人脈を広げるかって感じでしたね。

層の薄いところはどこだろう？

阿部　その時はどんな気持ちでしたか？

渡辺　10本あって1本がかたちになるうちの、かたちにならない9本をやりつづけるみたいな（笑）。次こそはいける！　と思いながら…。あとは脚本家業界を分析してましたね。

阿部　そこがすごいですよ！

渡辺　いやいや、それも、ちょうど勉強してた時に、宮藤官九郎さん（※5）のドラマのリサーチャーをやらせてもらったんです。

　僕、実は、コメディーの脚本家になりたかったんです。『チェリー』も宮藤さんを意識して書いています。宮藤さんのチームに末席ながら加わって愕然としました。あまりに筆がはやくて、あまりにも面白くて…。かなわない…と思いました。

　年齢も宮藤さんと9歳しか違わなくて、当時は22歳と31歳とかでしたけど、41歳と50歳になれば、ほぼ変わらないじゃないですか。同じことやってちゃだめだと、コメディーは捨てて、層の薄いところはどこだろう？と探しました。それで、漫画原作という場所を見つけたんです。

阿部　そこからいまの道につながってるんですね。

※5 宮藤官九郎
1970〜

脚本家、俳優、演出家。劇団大人計画所属。「グループ魂」名義で音楽活動も行う。2005年、「鈍獣」で第49回岸田國士戯曲賞を受賞。クドカンの愛称で知られる。

※6 大石哲也
1968〜

脚本家。1994年、オリジナルビデオ『ひき逃げファミリー2』で脚本家デビュー。『BECK』や『MW-ムウ-』の映画化に際し脚本を担当。その他、作品多数。

渡辺　『金田一少年の事件簿』や『デスノート』の脚本を書かれた大石哲也さん（※6）という大先輩がいて、大石さんのライバルにならなくちゃと思いました。漫画原作の世界なら二軍が少ないと思い、そこを目指しました。

それからは、マネージャーにも、プロデューサーにも、ずっと「やりたい！」宣言してましたね。脚本家の仕事って、割と受け身なことが多くて、ほとんどはオファーで成り立つんです。でも、僕の場合はオファーを待つというより、自分から取りに行くイメージも強いですね。『GANTZ』（※7）の時も「好きです、好きです」と言ってましたし、『ドラゴンボール Z』も「やりたいです！」と言いつづけたら決まったんです。

阿部　好きなものを言いふらしておく。それこそ種をまいておくイメージですよね。

※7『GANTZ』
『週刊ヤングジャンプ』で連載されていた奥浩哉原作の漫画「GANTZ」の実写化。2011年、全2部作で公開。監督は佐藤信介、主演は二宮和也と松山ケンイチ。

『GANTZ PERFECT ANSWER』
DVD&Blu-ray発売中
発売元：バップ
©奥浩哉／集英社
©2011「GANTZ」FILM PARTNERS

そして『20世紀少年』のオファーへ。

阿部 コメディーをやりたいと思えば、未練を捨てきれずに追い続ける人もいると思うんです。なのに渡辺さんは、勝てる場所を探すという方向に切り替えたのが面白いです。

渡辺 当時は、どう突き抜ければいいかっていうことばかり考えてたんです。

阿部 どのあたりから風向きが変わってきたんでしょうか？

渡辺 26歳くらいの時に、ゴールデンタイムに放送される、2時間サスペンスのドラマを書かせてもらって、そこから2ヶ月に一度くらいのペースでドラマを書くようになってきたんですよ。

それをきっかけに脚本家として好転してきて、いつも仕事をくれるプロデューサーからついに、『20世紀少年』のオファーをい

A H T

ただけたんです。

阿部　その26歳の時に、自分の道が見えてきたなという、体感はありましたか？

渡辺　そういえば、その頃までは、自分のギャラが気になっていました（笑）。でも、これはもう脚本家で食っていけるなとなってからは、ギャラを見たらいけないと思って、腹を決めました。

大変さよりも、わくわくが勝っちゃう。

阿部　漫画という原作があることで、脚本にする難しさはあるのでしょうか？　なぞってもダメだし、こわしてもダメだし。

渡辺　大変さよりも、わくわくが勝っちゃうんです（笑）。『ドラゴンボールZ　神と神』（※8）を書かせてもらった時は、

「オッス！　オラ悟空！」をどう言わせるかで、すごくわくわくしてたんです。

ドラゴンボールのトリビアとして、「オッス！　オラ悟空！」は、みんな何度も聞いたような気がしてると思うんですけど、実は本編で1回しか言っていないんです。10年ぶりの悟空の映画で、どう言わせようというわくわくを見つけられると、それを成立させるために面白くなるんです。

阿部　楽しみを見つけられると、どんどん書いていけますもんね。

渡辺　それに好きな原作ばかりをやらせてもらったので、大変さはまったくなかったですね。大変なのはできあがった後です。お客さんに原作を壊すなと言われてしまったり。

阿部　でも、原作通りにやっても、映像化した意味がないですし。

※8『ドラゴンボールZ 神と神』
2013年公開の『ドラゴンボール』シリーズの劇場公開作品第18弾。単独上映としては初の劇場作品となった。

「ドラゴンボールZ　神と神」
DVD発売中
価格：3800円（税抜）
発売元：東映ビデオ
販売元：東映

渡辺　そもそも原作は面白いから映像化される訳で。物語のいちばんいいかたちが原作なんです。映像化する時に同じものにはなりえないんです。とは言え、全然違うものをつくっていいかというと違いますし、ちがう素晴らしいかたちを目指さないといけない。

阿部　脚本を書く時に、原作がある時とない時で取り組む意識って変わりますか？

渡辺　原作って「聖書」なんです。それがオリジナル作品であれば、聖書はプロデューサーだったり監督だったり、「人」になります。映画って絶対的な権力者がいた方がよくて、いないと物語そのものが成立しないんですよね。

阿部　映画『進撃の巨人』は、町山智浩さん（※9）との共同脚本でしたね。

※9 町山智浩
1962〜
映画評論家、コラムニスト、元編集者。『映画秘宝』創刊後、洋泉社を退社し渡米。米国カリフォルニア州バークレー在住。

渡辺　『進撃の巨人』で言うと、権力者は原作者だと思っているんです。原作者の諫山さん（※10）のリクエストで、町山さんをお呼びしたのだと聞きました。僕は途中参加です。

阿部　共同でつくるのは大変でしたか？

渡辺　いえ、むしろ一緒に脚本をつくれるのは最高ですよ。

ドラゴンボールの時だって鳥山明さん（※11）から、震災の後だからこそビルを壊すのはやめようという信念に触れられたり。町山さんは映画評論家で、そもそも知っている映画の量が半端なくて、ものすごく尊敬していますし、共同でしかつくれない脚本もあると思います。

人がいないところに、行くしかない。

阿部　「進撃の巨人」というある意味、いまいちばん勢いのある

※10 諫山創
1986～
漫画家。デビュー作となった『進撃の巨人』で2011年、第35回講談社漫画賞少年部門を受賞。

※11 鳥山明
1955～
漫画家、デザイナー。代表作に『Dr.スランプ』『ドラゴンボール』などがある。

作品の脚本まで手掛けて、渡辺さんが次に挑戦したいことって既に見えているんでしょうか？

渡辺　小説ですね。

小説家になりたいという訳じゃなくて、映画にするために原作を書き、そして脚本までを手がけてみたいんです。

阿部　物語の種からつくっていくということですよね。いま書き手の人が増えてきていて、つくり手になりたいという志望者も増えてきていると思うんです。こういう時代に成功するために、何が大事なんでしょうか？

渡辺　人がいないところに、隙間に、行くしかないと思います。

いまなら、脚本家を軸とした小説家ですね。ここは、すいているように思います。あとは、動画配信サービスの「ネットフリックス（※12）」を攻略できる脚本家。

※12 ネットフリックス
オンラインDVDレンタルおよび、定額制の動画配信事業会社。本社はカリフォルニア州ロスガトス。

スマートフォンの画面が小さいから、配信される画像は、表現としてアップが増える作品になるはずなんです。引きでドーンという訳にはいかなくなる。

そういうのをわかってやれる人とか、これからは、作品に触れるインターフェイスにも対応しながら、つくり手としての自分の軸足を意識できたら強いと思います。

できるかできないかじゃない。やりたいかやりたくないか。～人事からコピーライターへ～

中学3年生の原体験

高校を卒業する時に、脚本家を意識しはじめた渡辺さん。渡辺さんは「嘘をつくのが好き」という自分の「好き」から、将来何をしたいかを考えていた。高校生の時の僕は、現実に食らいついていた。中学3年生からはじめたアメリカンフットボールに必死だった。その時はまだ、コピーライターという職業も知らなかった。頭を使うよりも、とにかく体を動かしつづける毎日。それでも充実した日々を過ごしていた。というのも、中学生の時に圧倒的な孤独を味わっていたから。それが僕の人生をかたちづくる原体験だったと思う。

孤独に耐え切れなかった

中学校に入学早々、僕は部活に入りそびれる。正直に告白すると、部活から逃げた。サッカー部に体験入部したものの、つらくてつづかなかった。すると当然、友達はできない。休み時間に独りぼっちでいるのがおかしくないように、本の世界に逃げ込んでいた。放課後に僕の居場所なんてなくて、逃げ帰るように帰宅。録画した「笑っていいとも！」を見ながらコーヒー牛乳を飲むのが唯一の幸せだった。本当は、楽しそうにお喋りする同級生の輪に僕も混じりたかった。

そんな日々を繰り返していた中学3年生のある日、はたと気づく。

「卒業したらみんな僕のことなんて覚えてないんじゃないか？」

孤独に耐え切れなかった。中高一貫校だったから、キャラを変えて高校デビューなんてできない。このままじゃ本当にまずい。

変わりたい、変わらなきゃ…でもどうすれば？

やっぱり部活に入る？　今更…なんて思うのはやめよう。サッカーやバスケットボールのような、みんなが経験するスポーツではいまの僕は変われない気がした。ここはもう、どうなるか想像もつかないような世界に飛び込むしかない。そう考えて、茨城県で唯一存在していた高校のアメリカンフットボール部に中学3年生の時に入部した。

当たり前の話だけど、足手まといもいいところだった。人生はドラマみたいにうまくいかない。隠された才能が突然開花したりもしない。練習はしんどく、筋トレはすぐにへばり、立ち上がれないほどにくたくたになる。ただ、逃げるという選択肢は僕の中に無かった。あの孤独は、もう味わいたくない。何もできない現実に立ち向かっていく。幸い十代の男子なので、成長期と重なり体はどんどん変わる。ひょろひょろのメガネは、ムキムキのコンタクトレンズに。仲間ができると、居場所ができる。居場所ができると、世界が変わる。孤独な読書少年が、ついには学校の応援団長を務めるまでに。行動を起こしたことで、嘘みたいに人生が変わっていく。アメリカンフットボールにのめり込んでいった僕は、大学に進学してもつづけることになる。

26

自分の「好き」はなんだろう？

就職活動とは、これまでの人生を振り返り、自分の言葉で語れるようにする行為だと思う。大学3年生になった僕は、自分の人生を振り返っていた。大学では、アメリカンフットボールの他に、テレビ局でのアルバイトや、ミクロ経済学のゼミにも取り組んできた。これから何をして生きていくのか。僕には、渡辺さんのように脚本家を目指すというような明確な目標があった訳ではなかった。特別な夢があった訳でも、入りたい会社があった訳でもなかった。

それでも一つだけ、強く意識していたことがある。それは、渡辺さんと同じ、自分の「好き」はなんだろう？ということ。自分が好きな瞬間を、社会に出て仕事でもつくれたらどれだけ嬉しいだろう。そう思い、自分は何が好きなのか、とことん自分と向き合った。どうして8年もアメリカンフットボールをつづけることができたのか、考えに考え抜いて辿りついたのは、「一体感」というキーワードだった。

試合中、一つのプレーで、チームメイトのみならず、スタッフも、観客も、一つになる瞬間がある。そういう気持ちのつながりを感じられる瞬間「一体感」が僕は好きだったんだ。そうか、中学生の時にできた心の穴、圧倒的な孤独を味わったからこそ、僕は人とのつながりに飢えていたのだ。

広告会社に入社

「世の中に一体感をつくる仕事をしたい」

自分の言葉にできたその思いのもと、就職活動を行う。ネットの情報ではなく、働かれている方の話を肌で感じたい。そう思いOB訪問を重ねていた時、「広告とは何か？」のお話を聞くことができた。

「一を聞き、十を知り、百を考え、千を伝え、万を動かす」

考え抜いた一つのメッセージを、さまざまなメディアを通じて、人の心に届けていく。広告こそまさに、世の中に一体感をつくる仕事かもしれない。そんな直感から、広告会社を中心に就職活動を行い、2008年に電通に入社することができた。

1ヶ月半に渡る新入社員研修の末、大きなホールで配属発表が行われる。

「阿部広太郎、東京、人材開発局」

ざわつく会場。僕が配属されたのは、人事だった…。

ある時、「なぜ僕なんですか？」そう先輩に尋ねると、「ちゃんとしてるし、あとは、クリエーティブ研修の点数が良くなかったから」冗談混じりに言う先輩。当時、会社の制度で入社一年目の最後にクリエーティブ試験があった。そこで僕が合格してしまうと、先輩にとっては、せっかく育てた後輩に抜けられて困る、という訳だ。当然、僕もアメリカンフットボールをしていたので、自分にクリエーティブなセンスや才能がある訳もないと、「なるほど、なるほど」と呑気に応えていた。そんな自分に転機がやってきたのはそれから3ヶ月後のことだった。

そっち側に行きたい

おそらく、の話。あれは嫉妬だったんだと思う。夏、電通でも学生を対象としたインターンシップが開かれることになった。そこには書類選考、面接を突破した、やる気に満ちた学生36人が集結していた。彼らのアテンドを僕がすることに。アテンドなんていうと響きはいいけれど、実際は、会議室をおさえたり、講義の資料を印刷したり、いわゆる新入社員の仕事を、淡々と、粛々と。

「広告の仕事を体験してもらう」という狙いのもとに、受講生たちは、豪華講師陣から講義を受け、演習をし、講評を受ける。キャッチコピーの書き方を学び、課題解決の考え方を教わり、最新の広告事例を学んだ彼らには、一つの課題が与えられる。最終プレゼンに臨む彼らを、僕は後ろからビデオで撮影していた。一人ひとり、プレゼンは進む。ファインダー越しに僕は、どきどきしていた。緊張しながら、マイクをぎゅっと握りしめて、ときおり噛んだりもしながら、渾身の企画を説明する彼らは、すごくきらきらしていた。勘弁してほしいくらい、いい表情をしていた。まぶしいくらいに、彼らにひかりを感じる。なんだろう、なんなんだろう、僕のこの気持ちは。プレゼンが終わるたびに拍手をするけれど、僕の心は全然弾んでいなかった。ただただ、教室のいちばん後ろで突き刺さるように立ち尽くしていた。

みんな無茶苦茶楽しそうじゃないか。クリエーティブってそんなに面白いのかよ。彼らはまさに、一体感の「一」をつくっていた。どきどきして誰かに伝えたくなる、はじめの「一」。それは僕のやりたかったことそのものだった。

「そっち側に行きたい」年齢もたいして変わらない彼らが、教室の後ろにいる自分からは手の届かない、遥か先に行ってしまっているようで、急に不安になった。

広告会社のクリエーティブには大きく分けて2種類ある。美術系の大学からアート職に就き、デザイナー・アートディレクターになるパターン。一般大学から総合職に就き、クリエーティブ試験を経てコピーライターになるパターン。後者を目指すにしても、僕はコピーが書けない。クリエーティブなんてできっこない。就職活動でも「クリエーティブ志望です」なんて、ひとことも言わなかった。いや、言えなかった。僕にはまったく縁のない、手の届かない世界の話だと思っていたから。本当は憧れていたのに、口に出すのも恥ずかしかった。「世の中に一体感をつくりたい」という僕が本気で好きなことを仕事にするために、何一つ努力せず、勝手に諦めて、誤魔化していた自分が、情けなくて仕方がなかった。

もうやめよう、逃げるのは。一歩を踏み出した中学3年生のあの時みたいに、いまこの瞬間が、変われるチャンスな気がした。

本気のメール

インターンシップの打上げ。手には汗がじんわりと。ビールをぐぐっと流し込み、僕は講師をしていたクリエーティブディレクターに話しかけた。

「クリエーティブに行くためにはどうすればいいですか。僕、エクセルばっかり叩いてるんじゃなくて、クリエーティブに行きたいんです」

「じゃあ、課題出してあげよっか？　本気ならメールして」

すごくあっさりと会話は終わる。早くしないとその約束が泡のように消えてしまうような気がした。僕は次の日の朝すぐ、「本気です！」とそのクリエーティブディレクターにメールをした。

その勢いで、会社の下にある本屋へ。お目当ての本は高い。2万円もする。「こんなに高い本を買うのは人生ではじめてだなあ」そんなことを思いながらレジに持っていく。そこにはもうためらいもない。

「言葉たちは、旅に出る」その本の帯にはそう書いてあった。すぐれた広告が掲載される「コピー年鑑」はずしりと重かった。でも、なんだかそれが心強かったことを、いまでもよく覚えている。

向いてないかもね宣告

クリエーティブ試験まであと、4ヶ月ほど。2週に1回のペースで、クリエーティブディレクターに出された課題に取り組むことに。マッチのキャッチコピー、ダイエットのキャッチコピー、ティッシュペーパーのキャッチコピー、国内で新婚旅行をしたくなるキャッチコピー。課題はさまざまで、毎回コピー20本を、お昼の時間を使って、見てもらう。人事のデスクでコピーを書く訳にはいかないから、ああでもないこうでもないと、自宅の机に向かいながら書いていた。それでも間に合わない時は、トイレの個室にまっさらなA4の用紙を持ち込んでギリギリまで書いていた。

意気揚々と取り組むものの、手応えはない。それでもクリエーティブディレクターはとても丁寧に見てくれる。なぜダメなのか、どう切り口を探せばいいのか、指摘してくれる。「困ったなあ。なんでこんなこと引き受けちゃったんだろう」そんな顔をしていることに、僕は気づかないふりをして、書きつづけた。

1ヶ月後に迫る試験。せめてすこしくらい誉められたい、そう思っていた時だった。

「君には、営業の方が向いてるよ。クリエーティブの気持ちがわかる営業になってよ」ランチから会社に戻るまでの道で、真剣な顔をしたクリエーティブディレクターに言われた。

「いやいやいやー！」と、僕はいつもより多めの笑顔で応えた。

向いてないかもね宣告。無理かもしれない。クリエーティブディレクターがそう言うのなら。そう1ミリでも思いこまないように、とりあえず笑顔をつくるしかなかった。最初からうまくいくはずなんてないじゃないか。いいじゃん下手くそでさ。簡単に書けたら、逆に困るよ。できるかできないかじゃなくて、やりたいかやりたくないか。気づいたら、人生の経験すべてで勝負できる広告コピーの世界が大好きになっていた。

3年でダメだったら出してもらって構いません

クリエーティブ試験当日。どきどきしている自分を落ち着かせるために、コピーの書き方について、自分なりに考えをまとめたメモを開始直前まで読む。内容はほとんど頭に入ってこない、けど、そうでもしていないと落ち着かなかった。

お昼過ぎからまるまる4時間かけて試験は行われる。

この数ヶ月で気づいたこと。残念ながら、僕にセンスはない。だからこそ、数で勝負するしかない。質より量だ、量からしか質はうまれないはずだ。幸い問題は事前に聞いていた通り「コピーを10本以上書きなさい」というものだった。10本以上だったら、何本書いてもいい。とにかく書いて。書いて。書いて。この会場でいちばん書いてやる。そんな気持ちで試験に挑んだ。試験が終わった時、鉛筆の尖っていたさきっぽは、全部まんまるだった。

そして、なんとか筆記試験を突破。異動できるか、後は面接次第。想定される質問を全部書き出して、胸の内を言葉に変えていく。面接では、あのインターンシップで感じたこと。考えたこと。これまでのことを全部正直に話した。質問も途絶え、もうそろそろという時、「最後に一ついいですか」と僕は言った。

「僕に一度だけでいいです。広告をつくらせてください、3年でダメだったら出してもらって構いません」面接官の偉い人たちは、頷くこともなく、無表情。これでダメなら仕方ない。そんな風に思えた。

後日。クリエーティブディレクターに結果報告へ。

「受かりました！」

「なんかの間違いなんじゃないの？」

クリエーティブディレクターは笑っていた。

僕は「いやいやいやー！」と、心の底から笑って応えた。

コピーライターになる。僕の夢が動きはじめた。

第2章／何者かになる

作家　白岩玄
自分の戦地。

「野ブタ」が書かれるまで。

阿部　白岩さんは、2004年に『野ブタ。をプロデュース』（※1）でデビューされました。いきなり70万部を超えるベストセラーを生みだしたわけですが、そもそも『野ブタ』を書こうと思ったきっかけはなんだったんですか？

白岩　最初のきっかけは高校生くらいの時ですね。

学級日誌を書いていて、「俺って文章書かせたら面白いんじゃないか」という根拠のない自信があったんです。高校生特有の無駄な熱量と自信かもしれません。

その気持ちを抱えたまま、卒業してすぐ留学しました。日本語を使わない、文章もあまり書かない生活になって、日本語が恋し

白岩玄（しらいわ　げん）
1983年生まれ、京都府出身。2004年『野ブタ。をプロデュース』で第41回文藝賞を受賞し、デビュー。05年、同作は芥川賞候補になるとともに、テレビドラマ化され、70万部を超えるベストセラーとなった。その他の著書に『空に唄う』（河出書房新社）、『愛について』（河出書房新社）、『R30の欲望スイッチ』（宣伝会議）、『未婚30』（幻冬舎）、『ヒーロー！』（河出書房新社）など多数。

※1 白岩玄『野ブタ。をプロデュース』（河出書房新社、2014）

くなったんです。それで留学先で旅行にいった時、旅行記を書いて、日本の家族に送ってみたんです。レポート用紙20〜30枚になりました。

阿部　え、そんなにたくさん？

白岩　自己満足ですね完璧な（笑）。でも、家族には「情景が浮かぶし、玄が楽しそうに旅行してるのが伝わるよ」と、喜ばれたんです。そういうかたちで文章を書きはじめた頃、仲のいい友達から『冷静と情熱のあいだ』（※2）を借りて、面白いなあと。それからはじめて物語を意識的に書いてみました。辻仁成さんの文体を借りながら。

旅行記を文庫本にしました、自分で。

白岩　今度はポルトガルに行った旅行記を、小説スタイルで書い

※2　辻仁成／江國香織『冷静と情熱のあいだ』（角川書店、1999）主人公のあおいの目線を江國が、阿形順正の目線を辻がそれぞれ執筆。江國のパートは「Rosso」、辻のパートは「Blu」というタイトルで、別々の単行本として発売され、50万部を超えるベストセラーとなった。

てみたんです。表現を詩的にしたり、語りかけるような文章にしてみたり。自分でも笑えるんですけど、完全に文庫本のかたちにしてつくったんです（笑）。

阿部　えっ、全部自分でですか？

白岩　紙を切って、手書きにして、細かい字でびっしりと書いて、カバーの代わりに厚紙も貼って本のかたちにしました。見返しの所に、著者として架空の経歴を書いて、証明写真も撮って、横向きに近影っぽく。

阿部　褒め言葉ですけど、ぶっとんでますね（笑）。

白岩　カバーにバーコードも書いて、出版社の名前も「ちゃっかり文庫」に。

それを家族に送ったら大絶賛されたんです。最初に送った旅行

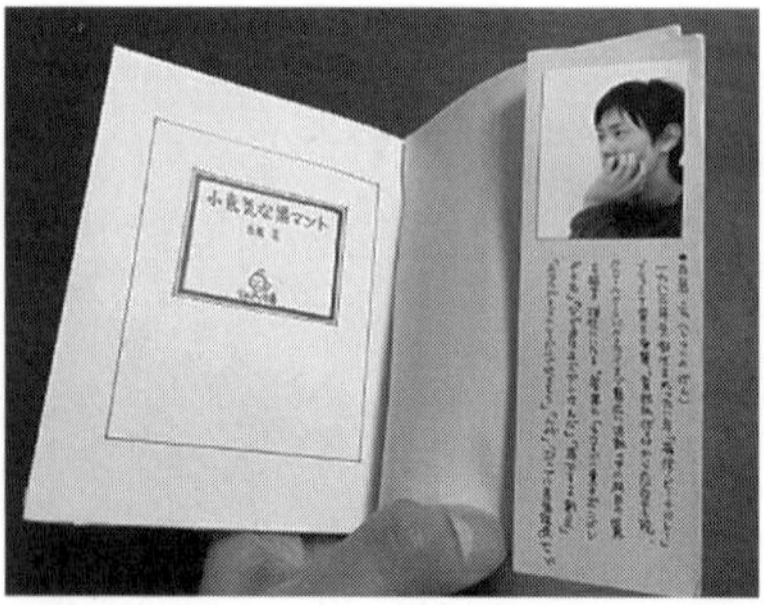

記より、「格段に面白くなってる！」って。それで結構満足して、日本に帰ってきました。

３ヶ月後の締切に向けて。

阿部　帰国後は何をしていたんですか？

白岩　フリーターです。喫茶店で働いていました。他は何もしてなくて、テレビゲームをしたり、野球をしたり…。

　このままでは自分がダメになってしまう、もう一度、文章を書こうと思ったんです。留学中に旅行記を小説風にしたことが記憶に残っていて、楽しかったので、今度は本格的に小説を書いてみようかなと。

阿部　文章を書くことに病みつきになりはじめていたんですね。

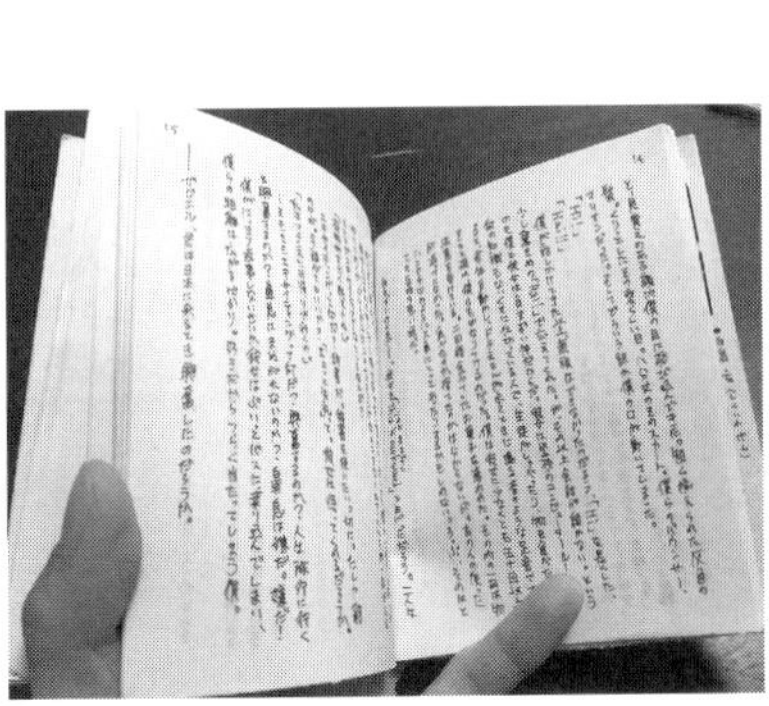

自作の文庫本『ちゃっかり文庫』の扉（右）と本文

白岩　書き出したら「いいやん、いいやん」と気持ちが乗って、どこかの文学賞に出そうかな！　と思ったんです。当時、綿矢りささん（※3）が話題になっていて、文藝賞を獲ってデビューしたというのが頭にあったので、調べてみたら、ちょうど締切も3ヶ月後くらいだったんです。

阿部　これはもう出すしかないと？

白岩　頑張ったら行けるぞと思って、締切に向かって書きはじめました。毎日毎日、書き続けて、「出せた！」と。

そしたら、夏くらいに出版社から電話がかかってきて、「あなたの出した小説が最終選考に残っています」と。最初、「何を言っているんだろう？　この人は」と思いました。本当に忘れていたんです、気持ちよく出せていたんで。

阿部　応募したことで完結してたんですね。

※3 綿矢りさ
1984～
作家。高校在学中、17歳で『インストール』により文藝賞受賞。後に、同作は上戸彩主演で映画化。2004年、『蹴りたい背中』で芥川賞受賞。金原ひとみの『蛇にピアス』と同時受賞であり、それまでの最年少記録を大きく更新し、話題を呼んだ。その他、著書多数。

白岩　そしたら「獲りました！」と連絡が来て、賞を獲ったと同時に、書籍として出版される特典がついていました。それで、『野ブタ』を刊行したのが11月。12月には「芥川賞の候補に入りました」と。結局、芥川賞は獲れなかったのですが、春には「映像にしましょう」という話がきました。

阿部　おそろしいスピード感ですね（笑）。ものすごくヒットした『野ブタ』の次の作品を書くのは大変だったんじゃないですか？

白岩　『空に唄う』（※4）というタイトルの、お坊さんの話を書きはじめました。でも、僧侶の生活を知らないから書ける訳がなくて（笑）。それに、一人称の小説の主人公って饒舌にならざるを得ないんですよ。それなのに僕は、無口な主人公にしてしまった。
　いまなら3人称で書けばいいとわかります。当時は書く技術がなかったので、自分で壁を高くして、「登れません」と言ってい

※4　白岩玄『空に唄う』（河出書房新社、2009）

るような感じでしたね。そこではじめて小説を書く勉強をしました。プロになってからプロになったというか、プロになるための努力をしたんです（笑）。

阿部　技術が身についてからはスムーズに書けましたか？

白岩　いや、そんなことなかったです。知れば知るほど難しくなって、書けても、次はまた違うことを書きたくなる。そしたらまた0からスタート。書く技術は自作するしかないし、他人の技術を使えば、ばれちゃうんです。

一枚画から想像する。

阿部　白岩さんにとっての武器というか、書く技術を磨くために、何か工夫していることはありますか？

白岩　一枚画から想像するというのが僕のやり方です。そこからどれだけ情報を引き出せるかを考えます。

阿部　なるほど、書きたい一枚画が見えてきたら、やるべきことは決まってくるんでしょうか？

白岩　原石があってそれをどう光らせていくか。光らせるのはリアリティだと思うんですけど、それをひたすらに考えますね。

阿部　ちなみに一枚画は、考えて出てくるものなのですか？

白岩　いえ、まったく！　直感ですね。直感がいちばん情報量が多い。たとえば、ついこのあいだ書き留めた場面でいうと、「自分の家で女友達が泣いている」でした。

阿部　それは気になるシチュエーションですね。そこから膨らませていくんですか？

白岩　それでもう話ができるんです。なんで彼女が泣いているのか？　彼女との関係は？　その後二人はどうするのか？　季節はいつなのか？　部屋に何があるのか？　とか、いろんな発想ができる。そうやって一枚画でどれだけ想像できるかなんです。

阿部　そういう想像や思考の訓練は、昔からされていたんですか？

白岩　4歳くらいの頃ですかね。父親がものをつくったりするのが好きな人で、余った紙に◯とか△とか記号を書くんです。その記号を使って、思いつく絵を描きなさいと、僕に問題を出してくれるんです。訓練というより遊びに近いかもしれない。あまりにも最初の記号から逸脱していたら減点で、ちょうどいい面白い画が描けたら得点が高いんです。いま思えば、鍛えてもらっていた

白岩さんが子どもの頃に描いていた絵

んですね、たとえる力を。

阿部　まるで英才教育ですね。

白岩　これをやっていたおかげで助かってるなあ、と思うことは無茶苦茶ありますね。さきほどの「自分の家で女友達が泣いている」というのも、父親が画用紙に書いていた○とか△の記号な訳です。何を付け足したら面白くなるのか、でもこれだと単純すぎないかな、というのをずっと探っていく感じですね。

この時代の戦地はどこにあるのか。

阿部　これから白岩さんが小説家として、挑戦したいことはありますか？

白岩　男性作家ならではの男性像をかたちにしたいです。やっぱり女性作家が女の人を書くとリアリティが強いじゃないですか。

阿部　以前、白岩さんは男性にしか書けないことを書くというのは、難しいと仰っていたのですが、具体的にどんなところが難しいのでしょう？

白岩　いま、男性の生き方を問いなおす必要がある時代になったと思うんです。団塊の世代はもっと固定化されていたけど、価値観の多様化のせいもあってか、僕らの世代にとって、誰もがイメージする男性像というものが成立しにくくなっている。

阿部　だからこそ白岩さんは男性のことを物語にすることで解明というか、表現したいという思いがあるんですね。

白岩　昔は、男性には戦争に行くという役目があった。それが企業戦士というかたちに変わっていく。そうやって男性たちの居場所が獲得されたかに見えて、今度はバブルがはじけてしまう。いまでも、「男は仕事」的な生き方をしている人はいるけど、みんなが同じことをやれるわけじゃない。戦いたいと思っても戦えない人もいて、戦う場がないなと思っている人もいる。あくまでも比喩的な意味ですけども、戦わないと、自分に自信が持てないんじゃないかと思うんです、男の人は。

阿部　つまり、戦地に赴かず、自分の世界に閉じこもってしまっている人が多くなってきたということですか？

白岩　戦いに行く場所がなくなって、自分自身が敵みたいになってしまっている。外に向かっているうちは楽なんです。自分にはやれることがないと思ったら辛いじゃないですか。僕はそうやって苦しんでいる男の人を肯定したいんですよね。新しい時代の中で自立する男性の姿をかたちとして見せていきたい。小説ならフィクションとして見せられる。

阿部　白岩さんにとって、作家というフィールドは戦地なのでしょうか？

白岩　そうですね。戦地に呼ばれて行ってみたら、ありがたいことに居場所をもらえた。いまはこの場所で戦ってみようかなと思っています。

阿部　『野ブタ』なみのヒットをもう一度、つくりたいという思いはありますか？

白岩　『野ブタ』ほどのものではなくても、継続的に出していければ、そこが自分の戦地だと思えるだろうし、一方では結婚して家族を持ちたいと思うし、そのへんも考えないといけない年齢になってきましたね。

　自分の戦地を大事にしながら、男性としての生き方を問い直せるのが理想かなとは思います。

自分の原点を思い出させてくれた人生の1冊。

白岩　今後、挑戦してみたい表現としては、現実に起きたことをフィクションにつくりかえるという小説の書き方です。ティム・オブライエンさんの、『本当の戦争の話をしよう』（※5）という本があるんですが、ご存知ですか？　ティム・オブライエンさんは、ベトナム戦争に従事してから作家になった人で、戦争の体験をより正確に伝えるためにフィクションのかたちで小説を書いています。事実をフィクション化することで、自分の経験したことがうまく伝わるようになる。

阿部　つまり自分の経験したことに虚構がまじることで、より真実らしくなると？

白岩　たとえば、「旅行」という現実に経験した過去を、実際には起こってもいないやりとりを含めて文章化することで、読み手

※5　オブライエン，T.／村上春樹訳『本当の戦争の話をしよう』（文藝春秋、1990）

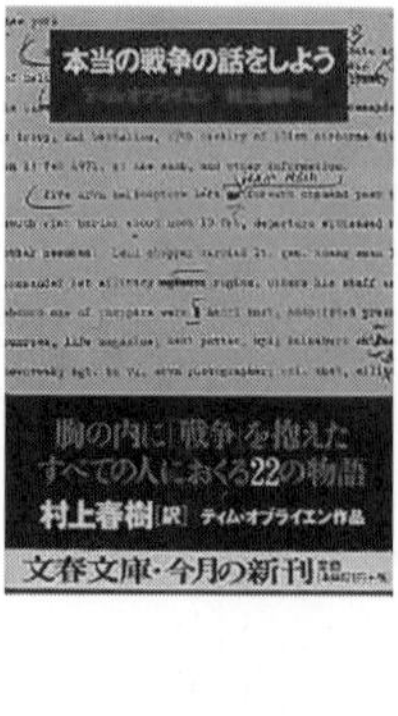

の中で活き活きとした情景が思い浮かべられるとか。
自分の文章のルーツが見えてきた気がします。そのあたりは、勘違いするという人間の習性の面白さだと思うんです。

阿部　かつて白岩さんが旅行記を小説のかたちで書いたことと繋がりますね。体験したことが小説の力を借りてより本当らしくなる。

白岩　世の中って意外と勘違いでできているというか、つくられた嘘が真実になるところが、僕の好きな人間の性質の一つなんです。『本当の戦争の話をしよう』を読んでそのことを再認識しましたし、これから自分でもそういうことをやってみたいと思えた1冊です。

プロになるための試練。
～コピーライターという戦地～

技術を自作していく

「プロになってからプロになるための努力をした」と仰っていた白岩さん。

プロとは、無意識でしていることを、意識してできるようにすることだと聞いたことがある。「書くための技術を自作していく」言葉にするのは簡単だけど、自分の書く技術を意識的につくりあげていくのは、決して平坦な道のりではないと思う。そこにはきっと心が折れそうになったこともあるだろう。

かく言う僕も、思いの強さでクリエーティブに異動し、コピーライターの肩書きを手に入れたものの…これまでの挫折が、挫折ではなかったと気づくほど、何も書くことができず、打ちのめされていた。

お前、大丈夫か？

誰かと比べた瞬間に、もう何かに負けているのかもしれない。

「3年でダメだったら出してもらっても構いません」

そう大口を叩いて、人事からクリエーティブに異動して丸一年。2010年6月。僕は、焦っていた。同期の誰かの書いたコピーが世の中に出た。CMの企画がクライアントに通った。何々とかいう賞をとった。ツイッターにフェイスブックに、SNSなんて、当時はまだ流行ってなかったけれど、同期の噂は頼んでもないのに勢いよく耳に飛び込んできた。

それに対して、僕はこれといって何も結果を残せていなかった。ある日の打合せ、精一杯コピーを書いて持っていくものの、その日もまた、僕の書いたコピーが議論の中心になることはなかった。打合せの後、その仕事のクリエーティブディレクターに「ちょっと来てくれ」と呼びだされる。なんだろう？　と、どきどき、いやびくびくしながら会議室に入る。

「お前、大丈夫か？」

開口一番、そう言われた。何についてのことだろうと思いながらも、答える。

「はい、大丈夫だと思います…何とか…」

「この仕事にはさ、タブーなんてないんだよ。当たり前のことを当たり前に書いていたら、お前が書いている意味がない」

説教というよりも、僕はいま、本気で心配されているということに、気づく。

「お前はもっと人を傷つけたほうがいい」

人の心がわかっていないということを、見透かされたような気がした。あの時、よく泣かなかったなと思う。普通の顔を装うのが精一杯だった。

「1万時間の法則」と呼ばれる法則がある。世界で成功を収めているビジネスマンやスポーツマンなど、何者かになれた人に共通しているのは、一つのことに対して、どれだけの時間、打ち込めているかが重要であるということ。だから、シンプルに、コピーがうまくなるには、コピーを書きつづけるしかない。人の気持ちを人よりもたくさん考えつづけるしかない。そして僕にはその経験が圧倒的に少なかった。読書をすることは大好きだったけれど、心にさわる文章を書くことに打ち込んだ経験はあまりに乏しい。「3年で結果を出します」という面接での僕の宣言からすると、残された時間はあと2年。気を抜いていたら、あっという間に過ぎる。このままじゃ僕は、何も残せないまま、終わってしまう。

コピーライター養成講座　専門クラスへ

「うまくなりたい。書けるようになりたい」

そんなふつふつと沸き起こる心の叫びに突き動かされて、宣伝会議が主催するコピーライター養成講座の専門クラスに申し込む。通常であれば、基礎クラス、上級クラスを受講してからの専門クラス。でも、悠長にステップアップしていく気にもなれなくて、専門クラスに申し込んだ。環境を変えるのは勇気がいる。けれども、その勇気が決して無駄にならないことはかつての自分が教えてくれた。

広告業界の第一線で活躍されているコピーライターの方たちから教われる機会。生徒は、事前課題をクリアした36名。第1回目の講義は、いまでも忘れられない。すこし前まで自分は、人事として後ろで見守っている側だったのに。いまは自分が生徒の席に座っているんだなあ。そんな胸のときめきが霞んでしまうほどに、教室には緊張感があった。そりゃそうだ。みんなここにチャンスを掴み獲りに来ているんだから。このクラスの成績最優秀者には、あるクライアントのコピーを書き、ポスターとして実制作できる権利を与えられる。そしてその広告で広告賞を受賞できるかもしれない。実際、その前年、コピーライターの団体である東京コピーライターズクラブで新人賞を獲っている人がいた。さささっとクラス全体を見渡してみると、みんなそれぞれ意志の強そうな表情をしていた。

前の席には座れない

毎週、ぎりぎりの生活だった。仕事。課題。仕事。課題。仕事。課題…。たいていの金曜日の夜は、会社か、ファミリーレストランで朝までコース。注文したアイスコーヒーのアイスは溶けきって、得体の知れない飲み物に。朝になるとノートにインクの染み。疲れと眠気で僕は泥のようになっていた。

授業の座席は成績順で決まる。いいコピーを書いた人が、いい席に座る権利がある。シンプルでいい仕組みだ。その明快な基準に、やる気が出ない訳がない。クラスにはいろんな人がいる。僕のように広告会社でクリエーティブの仕事をしている人もいれば、営業からクリエーティブに異動するために来ている人、制作会社の人、学生でコピーライターを目指している人。

コピーライターの仕事場も戦地だった。みんな戦っている。自分と。ライバルと。クラスメイトたちは本当にコピーがうまかった。だから、僕は前の席には座れない。なんかこう、もがいても、あがいても、なかなかダメだった。そんな時だった。

「電通だけどたいしたことないね」

授業後の懇親会で、クラスメイトにそう言われる。心にじわっと汗をかく。何も言い返せなかった。実際その通りだったから。やっとわかった。広告業界において、広告会社でクリエーティブをやれている重みを。その貴重さを。腹の底から理解した。恵まれた戦地にいるにもかかわらず、戦力としてあまりに情けない、まるで力が追いついていなかった。肩書きだけのやつになりたくない、もっとがむしゃらになれ自分。このまま、終わる訳にはいかない、見返したい。でも、いくら奮起したところで、そんな簡単に成果を上げられるほど甘くはなかった。

ポスター制作の権利をかけた最終プレゼンテーション。全然ダメだった。何としても掴みたかったチャンスは、するすると手のひらからこぼれ落ちていく。度を越した悔しさに、脳が痺れてくる。その日の打上げでも、どこか麻痺して味の感じられないハイボールを、何杯も、何杯も、飲みながら心に固く決めた。自分にはまだ足りないんだ。足りないなら書くしかない。

「コピーらしいコピーを書こうとしていないか心配です」

講師の方からいただいたメッセージにはそう書いてあった。当たり前のことを当たり前に書いてもだめだし、それっぽいことを書こうとしても意味がない。自分の現実から感じた、悔しさ、そして情けなさは、僕の中で、ニトログリセリンになった。自分を突き動かす爆薬を手に入れた気がした。

なぜいいかを考える

ラストスパート.doc。

「2011宣伝会議賞」と書かれたパソコンのフォルダには、そんな名前のワードファイルが入っている。あの頃の僕は、とにかく走っていた。いいコピーを書きたい、書きたい、書きたい…。もちろん、コピーを書きはじめた時から、そう思っていたけれど、コピーライター養成講座に通って、戦いに敗れて、その思いが、ぐるぐると頭の中をかけ回っていた。

原点に立ち返ろう。いいコピーは、コピー年鑑に載っている。人の心を動かして、商品や社会の役に立ったコピーが載っている。人事から異動して、もちろん年鑑の写経はしていたけれど、もう一度やろう。

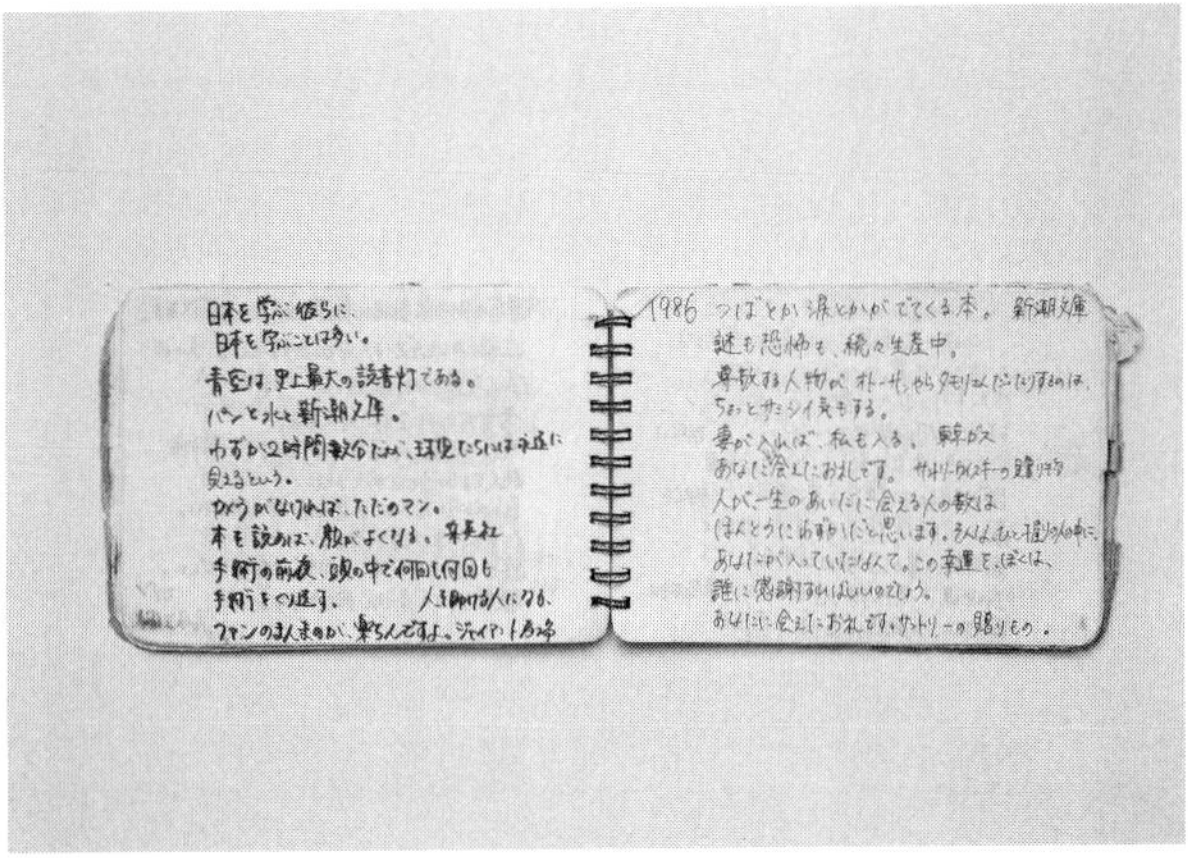

コピーを書き写したクロッキー帳

コピー年鑑で、自分がいいと思ったコピーだけを、クロッキー帳に書き写す。そして、なぜそれがいいと思ったのか、自分なりに考える。コピー年鑑を、1983年から2011年まで。何かヒントがあるんじゃないかと、いいと噂される絵本、短歌集、詩集も買う。気づけば、僕のデスクは、本でぐじゃぐじゃだった。ページをめくるその時間は、楽しくて仕方がなかった。眺めているだけでも楽しい。これはうまいなあ、とか、はっとするなあ、とか。一文字ずつ大切に書き写しながら、ひとり心の中でリアクションして、にやにやしながら、わくわくしていた。

「たとえば」と「つまり」

コピーは、二つの接続詞「たとえば」と「つまり」から生まれると気付いた。

あるお題が出された時、「それはそもそも何だろう？」と、自分なりに再定義を試みることが重要になる。そのために「たとえば」という接続詞で、お題にまつわる、自分自身の経験、もしくは、見聞きした経験を引っ張り出してくる。たくさんの「たとえば」が出てくると、その具体的な話から、これまでとは違う視点や切り口が見えてくる。

その上で「つまり」を考える。「つまりそれはこう考えられる」と再定義をする。そこに、これまで考えもしなかった「あ！　確かに」という驚きや発見があると、人の心は動く。

もう一歩踏み込んで考えると、コピーを書くということは、言葉に驚きや発見という「企て」を込める行為のことだと思った。そして、それはヤジルシのようなものかもしれない。これまでの見方と、これからの見方。そこにヤジルシができる。つまり、言葉を企画する、ヤジルシのあるコピー、それこそが僕にとって「いい」コピーだ。仕事漬けの毎日の中で、少しずつ無意識を意識化できるようになってきた気がした。

コピーの賞がほしかった

結果がほしい。がつがつ勉強しても、こつこつ仕事しても。なんだかんだいってても、コピーの賞がほしかった。この戦地での勲章がほしかった。「ここにこんなに書いているやつがいるぞ」と、まだ何者でもない自分を見つけてほしかった。そうしたら宣伝会議賞に取り組むしかない。すべてのコピーライターが一度は意識する賞だ。自分のコピーで一度は誉められたかった。コピーで落ち込んだからこそ、何としてもコピーで見返したかった。

応募するためのコピーを書きながら、いったい何を書いているのかわからなくて、気が遠くなることもあった。でも、これがプロになるための試練だとすれば乗り越えなければならない。家で、会社で、電車の中で、平日も土日も書きまくった。締切当日、出力した応募用紙で段ボール一箱ぱんぱんになった。ずしんと重かった。辛くなんてなかった…なんて言ったら嘘になるけど、それだけの価値が、人の心にさわるこの仕事にはある気がした。

応募規定によると「当日消印有効」。つまり、23時59分まで書ける。もう段ボールは郵送しているけれど、なんだかそわそわして、タクシーに飛び乗った。24時間営業している郵便局に向かう。リュックには、白紙のA4用紙を多めに入れていた。郵便窓口の前にある、がたがたの椅子に座り、えらく低い机に向かって、最後まであがいた。

24時が近づいてくると、ペンを持つ手がちょっと震える。用紙を封筒に入れて窓口へ提出。帰り道。終電が迫る。こんなことまでして、何やっているんだろう…でもなんかこう必死な自分こそ、自分らしいかもな。そんなことを思いながら、自販機で、コーンポタージュ缶を買った。いままで飲んだ中でいちばんうまく感じた。120円で世界一幸せになれる飲み物なんじゃないかと思った。

だからかもしれない。宣伝会議賞の事務局から「おめでとうございます」の電話があった後。なんだか無性にコーンポタージュ缶が飲みたくなった。「3年で結果を出します」そう宣言した、3年目の出来事だった。

第3章／はみ出る仕事

映画監督　松居大悟
なんかやろうよ、の先へ。

なんか盛り上げたりできる？

阿部　２０１３年の夏頃、松居監督がクリープハイプ（※１）のＭＶをひとつなぎにして、一本の映画「自分の事ばかりで情けなくなるよ」（※２）を撮ったと聞いて、すぐに「楽しみにしてます！」とメールしました。僕たち大学の同級生なんです。

松居　当時は、同級生かなんか知らんけど、いきなり連絡してきてなんだよ！　って感じで（笑）。

阿部　言い寄ってくる人に対してのアレルギーがあったと。「試写見て、なんか盛り上げたりできる？」と返信をもらいました。

松居大悟（まつい　だいご）
１９８５年生まれ、福岡県出身。劇団ゴジゲン主宰。劇作家、演出家、映画監督、俳優として多方面で活躍。２００９年にＮＨＫ「ふたつのスピカ」で同局最年少ドラマ脚本家デビュー。２０１２年に映画「アフロ田中」で商業監督デビュー。また、クリープハイプ、大森靖子、ドレスコーズ、石崎ひゅーいなどのＭＶを手がける。２０１６年、監督作「アズミ・ハルコは行方不明」が公開予定。

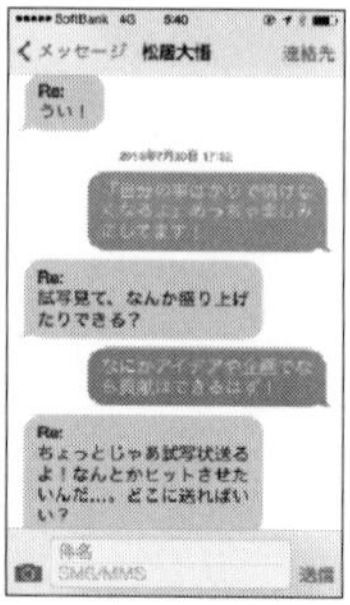

松居監督とのメール

松居　「お前なんかできんのかよ？」って挑発です（笑）。こっちはこっちでインディーズっぽくやってたんで、正直に言えば、調子のいいこと言いやがってと思った部分もありました。

阿部　その返信で、何もできる訳ないだろうと思われているというか。松居監督の挑戦状的な意味合いは感じましたね（笑）。僕も「何かアイデアや企画でなら貢献できるはず」と返して。いまこそ、広告会社で頑張ってきた成果を出すタイミングだと思って、同期でアートディレクターの中尾祐輝くんと一緒に、相当な時間をかけて、企画書をつくりました。

見返りを求めないから信頼できた。

阿部　24ページくらいの、無駄に熱い企画書を持っていきましたよね。

※1　クリープハイプ（CreepHyp）
ロックバンド。メンバーは尾崎世界観、小川幸慈、長谷川カオナシ、小泉拓の4人。２０１２年にメジャーデビュー。独特の歌詞と、ハイトーンボイスが特徴的。阿部が特に好きな曲は「イノチミジカシコイセヨオトメ」、「寝癖」、「二十九、三十」。

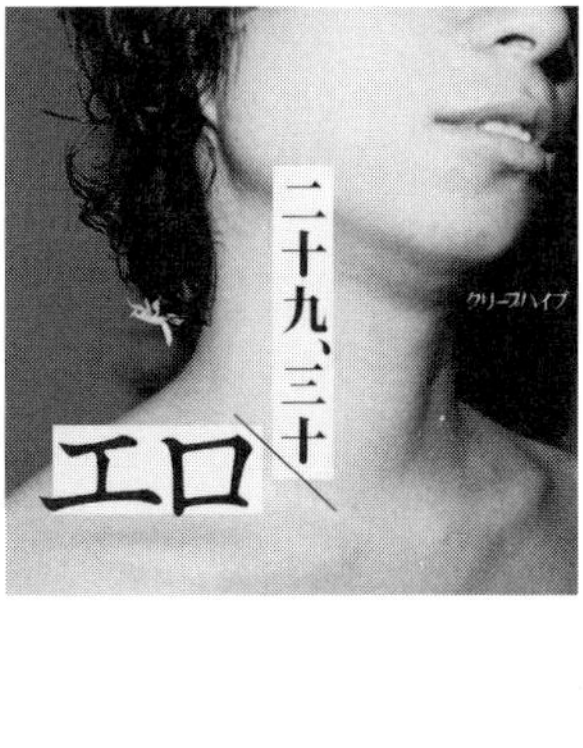

※2　「自分の事ばかりで情けなくなるよ」
クリープハイプのフロントマン、尾崎世界観の原案をもとに制作された音楽と映像のコラボレーションドラマ。監督と脚本を松居が手がけた。２０１３年公開。

松居　この時に阿部ちゃんを信じました。調子のいいことを言ってくる人は多いんです。昔は振り向きもしなかったくせに、「なんかやろうよ」って。でも阿部ちゃんの企画書を見た時、すごい情熱を感じて。

阿部　新宿の喫茶店「珈琲西武」で、テーブルを囲んでこそこそと紙芝居のようにプレゼンしたのをいまでも良く覚えています。そこで、松居監督の眼の色が変わったのがわかって。

松居　もともと宣伝コンプレックスというか、作品の宣伝って、側《がわ》だけで捉えられて、本来伝えたいものから離れていくことが多くて。

でも阿部ちゃんは作品に寄り添って宣伝しようとしてくれているのが伝わってきて、嬉しかったんです。

阿部　それで書いたのが「心をなぐる１０６分。」というコピー。

心をなぐる106分。

明るく楽しく前向きに。現実はそう甘くはない。後悔の日々に、嫉妬や苦悩を重ねて、だれもが劣等感をどこかに抱えながら生きている。どこにでもあるハッピーエンドは他人に任せた。生きるのが下手くそな人と向きあって、変だと言われても、不器用な生き様を肯定したい。救われる人がそこに1人でもいるならば、残り99人に笑われてもいい。後悔から逃げない。この映画で、心をなぐる覚悟です。今を生きるあなたに見てほしい。待ってます。

監督・脚本 松居大悟 × 音楽 クリープハイプ

自分の事ばかりで情けなくなるよ

池松壮亮　黒川芽以　安藤聖　尾上寛之　山田真歩　大東駿介／クリープハイプ

監督・脚本：松居大悟｜原案：尾崎世界観（クリープハイプ）｜音楽・主題歌『傷つける』：クリープハイプ｜プロデューサー：横田直樹 三谷敏久、林武志｜撮影：塩谷大樹｜照明：横堀和宏、藤村哲之、西田真智公｜録音／MIX：戸村貴臣｜美術：片平圭衣子｜編集：松居大悟 衣装：谷野留美子、石橋修一、中嶋英朗｜ヘアメイク：斉藤直子、野本恵代、矢口薫一｜助監督：畑井雄介｜宣伝：小松恵里、鈴木洋平 宣伝プロデューサー：直井卓俊｜宣伝協力：阿部広太郎｜宣伝美術：あきやまなおこ、中尾祐輝｜製作：ビクターエンタテインメント プリミティブ｜制作プロダクション：CONNECTS LLC｜配給・宣伝：SPOTTED PRODUCTIONS｜カラー｜STEREO｜106分

26TH TOKYO INTERNATIONAL FILM FESTIVAL 東京国際映画祭
日本映画スプラッシュ部門
正式出品作品

jibun-bakari.com

Victor primitive

ボディコピーと言われる長い文章の1文字目を縦読みできるようにしました。きっと気づいた人がツイッターとかで拡散してくれるなって考えたんです。いきなり会社の仕事にできる訳じゃなくても、自分の気持ちを優先して、見返りは求めずにとことんやる。信頼関係を築く。他の人はそこまでやってないことをやる。そうやって仕事を重ねてきました。

松居　阿部ちゃんが見返りを求めてなかったから信頼できたというか。それが結果的にいまの仕事につながっていると思います。

「やれたらやります」じゃなくて、「やりたい、やらせてくれ」。

阿部　ここからは松居監督の働き方について、攻めの姿勢が感じられる3つのエピソードをお聞きしたいと思います。

1つ目は、京都の劇団、ヨーロッパ企画（※3）の上田誠さん

※3 ヨーロッパ企画
劇団。京都を拠点に活動。結成以来、コメディを上演し続けている。本公演以外にも、イベント企画や映像制作、ラジオ、WEB企画、雑誌連載など、多方面にわたりコンテンツ制作を展開している。

（※4）との話です。

松居　上田さんは僕にとっての神です。僕が演劇をつくるようになったのは、ヨーロッパ企画の演劇を見たからなんです。それで演劇をやっている頃、自分たちも参加する学生演劇祭の別団体のアフタートークイベントに上田さんが来ると聞いて、「僕は上田さんに憧れて公演をつくっています」というメールをヨーロッパ企画の公式サイトに送ったんです。まあ、返事は返ってこず（笑）。1週間くらい経って「届いてないでしょうか？」ともう1通送って、これも返ってこない（笑）。

阿部　届いているだろうけど返ってこない（笑）。おかしいなと。

松居　その次はもう翌日ですね。「本当に申し訳ないです」と平謝りしつつ、もう1回メールをしたら、直接上田さんから返信が来て、「ごめんなさい。忙しくてバタバタしてました」と。

※4 上田誠
1979年生まれ、京都府出身。ヨーロッパ企画代表。劇作家、演出家、脚本家、構成作家。同志社大学在学中、所属する演劇サークル内で「ヨーロッパ企画」を旗揚げし、2000年に独立。現在、ヨーロッパ企画のすべての本公演の脚本・演出を担当している。

「ちょうどその時、東京に行く予定がないのでごめんなさい、がんばってください」みたいな。よそいきな感じで返ってきました。

阿部　そりゃそうだよね。誰だかわからない一《いち》大学生なんだから。

松居　これは上田さんが確実に東京に来る、同志社大の公演のゲストの時に行くしかないと思って、最前列のいちばん端でずっと見てたんです。終わった後に、劇場の方に、上田さん囲んで飲むから来なよと声をかけてもらいました。飲み会でもうガンガン質問しまくって、そのうち同志社大の人は明日も公演あるからって帰っていって。

阿部　二人で話せるようになった。

松居　上田さんと話し込んでたら、終電がなくなって、そしたら、「松居くんの家泊まりに行っていい？」って言われて。僕にとって

の神様が「泊まりに行っていい?」って、これはおかしいだろと。

阿部　神様が家に来る、まさかの事態。

松居　その頃はちょっとやばい時期で、部屋中に、自己啓発の言葉を貼ってたんです。床には「下を見るな、上を見ろ」、天井には「開き直れ、お前はお前」、枕元には「目がさめたら走りだせ」って書いてあって…。本当に居心地の悪い家でした。

それを見た上田さんが、「東京来て良かったわ」って言ってくれたんです。「死ぬ気でコメディやってる松居くんと会えて良かった」って名前も覚えてくれて。

次の年、「本公演があるので、手伝いに来てくれませんか」と誘われて、即、大学に休学届を出して、2ヶ月くらい京都のヨーロッパ企画の拠点に泊まりこみました。その時に自分たちの劇団に「ゴジゲン」という名前も付けてもらいました。もともとは何者でもない、ただのヨーロッパ企画ファンだったのに。

阿部　そうやって憧れの人に食い込んでいって、その人から呼んでもらえるまでに至るという、ちょっとした奇跡が、起こったわけですね。

アフターイベントで弾き語りをお願いします。

阿部　2つ目のエピソード。クリープハイプのMVをつくりはじめた話です。これはノーギャラでもいいから、とにかくつくらせてほしいと、お願いしたんでしたよね。

松居　もともと僕はクリープハイプが好きで、劇団の開場中にもクリープハイプの曲を流していました。それを聞きつけたフロントマンの尾崎さん（※5）が公演に来てくれたのが、きっかけです。その時、尾崎さんに「アフターイベントで弾き語りをお願いします」と話しました。

その翌月には吉祥寺に飲みに行き、クリープハイプのメジャー

※5 尾崎世界観
1984〜
クリープハイプのフロントマン。ボーカル、ギター担当。

デビューと、僕が「アフロ田中」で商業デビューするタイミングがちょうど同じ時期で、「何かやりましょうよ」「絶対やりたいです、やります」っていう話をして。それで、「オレンジ」という曲のMVと、「イノチミジカシコイセヨオトメ」という曲の短編映画を、MV1本の予算で自主映画みたいにつくりました。

阿部　好きだったからこそ、何がなんでもやりたいと思った？

松居　僕はうまく生きられない人を描きたいんです。クリープハイプの曲の、言いたいことを恥ずかしがりながらも、本気で歌うっていうオブラートの包み方が好きで。曲を聴いてすごくわかると感じていたからこそ、映像化したいという思いが強くありました。

気づいたら企画書ができている。

阿部　3つ目のエピソードです。「気づいたら企画書ができているとプロデューサーに言わしめる件」について。プロデューサーと一緒に飲んでいて、「こういうことやれたらいいね」という話が出たら、すぐ企画書にしちゃう、と聞きました。

松居　え、でもそういうもんじゃないんですか？
たとえば、僕が「映画の途中にMVが組み込まれている作品はどうですか？」と提案して、それをプロデューサーが、「いいですね、やりたいですね」となったら、家に帰ってプロットをつくります。

阿部　プロデューサーの方からすると、そのスピード感には驚くと思いますよ。

松居　アイデアが浮かんだら、もう絶対それやりたい！　と思うので。先方から依頼や相談が来るようになる前は、自分でプロットをつくっては書いて、つくっては書いてを繰り返して、ずっと落ちまくってました。

阿部　ボツの数が半端ない。20代の監督の中では企画実現率が高いとまわりからは言われてるけれど、それは撒いてるタネの数が違うっていうことですね。

松居　そうですね。なんか、きてるねえ、とか言われることもあるけど、全然きてないな、うまくいってないなというのが実感です。何十本も書いたうちの1本がやっと決まっているだけにすぎないんです。

エネルギーは「不安」。

阿部　松居監督が企画を書き続ける、その原動力はどこからきているんですか？

松居　それは不安だからです。一人になりたくないんです。公演中は「締切は○日だよ」とか、「打合せの場所は○○だよ」とか、連絡が来るのが嬉しい。

でも、本番が終わった瞬間に誰からも連絡がこなくなって、俺のこと好きで連絡くれてた訳じゃないんだって気付く。作品のために打合せに来てたんだなと（笑）。

阿部　そんなことはないでしょう（笑）。

松居　でも、次の作品が走りだせば、また誰かが連絡をくれるようになるから、「なんかつくらなきゃ！」ってなる。誰かに必要とされたいんです。自信がないんですよ。

阿部　それはなぜですか？

松居　小中高のコンプレックスが尋常じゃなかった。頭悪かったし、運動もできなかったし、チビだったし、モテなかったし。そんな自分だから、作品をつくるためには、時間をかけるしかない、情熱を傾けるしかない。

　そうしないと人に見てもらえるような価値のあるものはつくれないと思っているんです。だから、頑張らなきゃいけない。自信がないからこそ頑張る。根っこはそんな気がしますね。

ダサいと思った上で、それやればいいじゃん。

阿部　格好なんかつけないで、まずやってみることが大事というか。格好つけて、「やれたらやります」じゃなくて、「やりたいん

プロパガンダ・ラジオ
全員少年探偵団

です、やらせてくれ」、「俺だったら絶対いいものつくる」って言い切った方がいいと思うんですよね。

松居　20代だったら絶対その方がいい。僕だってヨーロッパ企画のインフォに何度もメールしてるのもダサいし、尾崎さんに「アフターイベントに出てほしいです」ってDMしてるのもダサい。でも、当時は必死だったし、そうすることで、何か一つでもかたちになるんだったら、ダサいと思った上でそれやればいいじゃんって思うんです。

「なんかすごいことしたいんですよー」って、口だけの人も多くて、そういう人をみると、まず、行動したのか？　一つでも作品をつくったのか？　自分の好きな人、憧れている人に少しでも認識してもらえるようなことをしたのか？　って言わないけど、そういう気持ちになります。

阿部　矢面に立って、批判される立場になる覚悟があるのかどうかが大事だなと思います。自分がやりたいことがあるならそれをちゃんとかたちにして、「いい」でも「悪い」でも、まずは言われる立場にならないとはじまらない。

松居 批判するのは簡単。この人ないよねとか、あるよねとか。でも、いつまでもそっちの立場でいいのか？　って思う。

阿部 自分が表現したいものがあるんだったら、それを世の中に表明していかないと、誰にも振り向いてもらえないですもんね。

コピーを書く、ではなく、書きに行こう。
～言葉の人であり、行動の人でありたい～

大学のクラスメイト

同級生の活躍はどうしても意識してしまうものだと思う。2011年、僕は大学のクラスメイトである松居くんが主宰している劇団ゴジゲンの舞台「極めてやわらかい道」を観に、下北沢まで行った。脚本を書き、演出をし、みずから役者としても出演していた松居くんはいい顔をしていた。表現という、とてつもないフィールドで戦っている人の面構えをしていた。舞台の終演後、挨拶を交わす。あの時ほど、うまく言葉が出てこない時はない。

「良かった、すごかった、ありがとう」

自分の中には思いがたくさんあるのに、伝えられるのは誰でも言える感想になる。僕と松居くんは、大学時代、お互いの顔を知っている程度で、一度か二度、食堂で一緒にごはんを食べたくらいの仲だった。松居くんは、ほぼ他人の僕のことなんて、ほとんど意識なんてしていなかっただろう。

その翌年の2012年、松居くんはロックバンド「クリープハイプ」のMVを担当する。しかも、単発で終わることなく、ひとつながりの映画にまでするという、音楽業界、そして映画業界に、自分の旗を立てるように仕掛けはじめていた。あの時、僕が松居くんにメールを送って、しかも一緒に仕事をするまでになれたのは、僕も僕なりに、自分の道をつくりはじめていたからだと感じている。

受け身の自分がいた

コピーライターになって3年目の2012年。次第に自分のコピーが採用され、任せてもらえる領域も少しずつ増えていった。僕は、寝食を忘れて、仕事に打ち込んでいた。そして、担当させて頂いた東進ハイスクールさんの「全国統一高校生テスト」の有名校向けポスター。

「開成の皆さんが文化祭で受けられなかった昨年は、灘高が目立っていました。」

というコピーで、コピーライターの登竜門でもある東京コピーライターズクラブの新人賞を頂くこともできた。仕事の充実感はある。でも、ふと思ってしまった。

広告賞を獲って、会社に山ほどいるコピーライターの中から、すこしだけ目立って、いつの日か大御所と呼ばれる方たちから「君、いいね」と見つけられて、大きな仕事に参加させてもらって、その打席で結果を残せるかどうか…。自分が目立てる仕事を待つ、見つけてもらえるのを待つ、受け身の自分がいた。

僕は賞を獲りたいと思ったし、悔しさをバネに見返したいとも思ったし、その気持ちが自分を突き動かしてきた。でも、左右を見渡して、まわりが賞を獲ったかどうかを気にする、獲っていないことを安心する、それは、すこやかな働き方とは言えないのではないか。僕が働く本当の目的はそこではなかったはずだ…。

1／500ではなく1／1

そんな時に僕を救ってくれた二つの言葉がある。

一つ目はクリエーティブディレクターの箭内道彦さんの言葉。

「広告とは応援である」

商品の最大限の魅力を、相手に伝えること。広告は、広告メッセージは、広告イメージは、応援になる。自分の好きなこと、好きなもの、好きな会社は心から応援したい。その気持ちを広告に託す。

そして二つ目は放送作家の小山薫堂さんの言葉。

「勝手にテコ入れする」

「もっとこうしたら、効率よくできるのにな」とか、「あの空間はもったいないな」とか、そんな「もったいない」という気持ち。ひと工夫加えれば良くなるものが世の中には溢れている。それを見つけていかに面白く変えるか。

ああ、そうか。結局は、自分次第なんじゃないか。会社には、同じくコピーライター、プランナーとして働いている人が500人ほどいる。その中の一人、「1／500」として、自分がどうかを考えることも大切ではある。でも、まず何よりも大切なのは「1／1」、まわりから見てどうこうじゃなくて、自分がどうありたいかではないか。

人は、環境でかたちづくられる。思えばここまでどこか反応することに慣れてきてしまったのではないか？ 授業があるから勉強して、みんなが就職活動をするから就職して、上司が仕事を振ってくれるから働いて、反応して、反応して、反応して、終えるだけの一生でいいのだろうか。

いまの僕に必要なのはリアクションではなくアクション。ここまでがむしゃらに働いてきて僕が身に付けてきたコピーを書く力。そして考える力で、勝手にテコ入れして応援する、そこから新たな仕事をつくりだすことだってできるはずだ。打席に呼ばれるのを待つのではなく、打席は自分でつくればいい。自分からもっと働きかければいい。僕の力をもっと社会に活かしていこう。

そして僕の「1／1」。その答えは、もう出ていた。僕にとって目指すべき、北極星のような言葉。「世の中に一体感をつくる」。

そのためにいま、コピーライターとして働いているんだ。就職活動の頃から、僕の生きる目的は何もぶれていなかった。

何もかもを得ようとしない。出会う人、物、事に、自分の面白いを信じながら、自分ができることをしていこう。コピーを半径3メートルの社会に活かそう。大切にすることを定める。自分はどう動くべきか、潔く考えられたことで、働く上での意識が変わり、ぐんと前に進む力が増したような気がした。

それから、平日は会社の仕事。休日は自分の仕事をはじめる。自分の仕事とは、自分で種を見つけて、自分で育てる仕事。プロとして当然、やるべきことをやる。その上で、自分の時間にできることをしていく。その働き方に自信を持てるようになったのが居酒屋「甘太郎」の仕事だった。

広告の広に太郎で、広太郎

人の名前に宿る運命のようなものを感じる。いま、僕がこうして本を書き、あなたに読んでもらえているのは、「広太郎」という名前のおかげかもしれない。

ある日、なんの気なしにフェイスブックを見ていたら、友達が「いいね！」を押したニュースが勢いよく僕の目に飛び込んできた。

「甘太郎は日本の太郎さんを応援しています」

え、なんだこれ。じっとモニターを見つめる。名前に「太郎」と付く人は割引しますという、居酒屋「甘太郎」の割引ニュースだった。何度も読み返して、高揚している自分に気づく。「本当に？」と思われるかもしれないが、僕の心は躍りっぱなしだった。

一説によると、世界で最も耳に心地よく響くのは自分の名前だそうだ。人がお母さんを好きになるのは、名前を呼んでもらう回数が誰よりも多いからとも言われている。ふだん特に意識することもない「広太郎」という名前を、認めてもらえたような、励ましてもらえたような。ふふふっと心が弾んで、とてもうれしい気持ちになった。

思わず、「甘太郎」という居酒屋を応援したいと思った。そして、うれしい気持ちになったこのニュースを純粋に広めたい。でも、それは「いいね！」とか「シェア」とか、限られた範囲の話ではなくて、僕のタイムラインを飛びこえて、もっともっと多くの人たちに届けたいと思った。

「勝手にテコ入れする」マインドで見ると、僕がタイムラインで見かけた現状のメッセージは、もっとよくできるはずだった。血液がふつふつと熱くなってくるような感覚があった。

広告の広に太郎で、広太郎。太郎の広告をできるのは自分しかいない。勝手に運命を感じた僕は、迷うことなくすぐ、コピーを書きはじめる。

「甘太郎は、太郎に甘い。」

そんなコピーを1行目に、わくわくしながら次々と書く。デザイナーをしている友人と仕事終わりに夜な夜な集合。まるで秘密基地で企みを考えるように、企画書を詰めていく。でも僕に居酒屋「甘太郎」のツテなんてなかった。こうして全力を注いでつくっている企画書も、見てもらえるかどうかの保証はない。それでも、いやそれでも。いてもたってもいられなくて、自分が感じたありったけの気持ちをぎゅっとつめこんだ、まるでラブレターのような企画書を1週間で書き上げた。そして送った。フェイスブックの甘太郎のアカウントに、メッセージに企画書を添付して…。

企画書はひとり歩きする

2日後に返信が来た時は、手が震えた。自分で送っているのに、嘘かと思った。

「愛あふれる企画書ありがとうございます」

いつだって、いい返事ほどシンプル。ああ良かった、本当の気持ちは届くんだ。

「ぜひ甘太郎の店頭でポスター掲出を」とてもありがたい話で落ち着きそうだった。それから数週間後、携帯が鳴る。それは思いもよらない提案だった。

「グループ全店で行う全国キャンペーンにしましょう」

企画書はひとり歩きする。「こんなことを考えてくれた人がいる」と、なんと役員の方にまで届いたそうだ。電話の声がすこし遠くなり、鼓動が速くなる。自分の想像をはるかに越えた展開に、震えた。でも、不思議とこわくはなかった。

絶対にやり抜ける。「太郎」の僕が感じたうれしさを誠実に丁寧にかたちにしていけばいいのだから。

お金をかけてタレントを起用せずとも、コピーをコンテンツと考えて、話題にすればいい。このチャンスを絶対にものにするぞと、そう強く念じた。

結局、完成したWEBサイトはまたたく間に広まっていった。階段を駆け上がるかのように、利用者は1ヶ月で1万人を超え、キャンペーンは延長に。自分がうれしいことで、相手も喜んでくれる。その先にいるお客さんにもその強い気持ちが伝わっていく。ものすごく生きている実感があった。

いい仕事は、いい関係をつくる。その信頼関係が、次の仕事を呼んでくる。この仕事を契機に、新しいキャンペーンの仕事まで担当させてもらった。

あの時、フェイスブックで送った1通のラブレターが僕の人生を変えた。

ここから僕は、自分の思いを起点にこれまでの枠をはみ出していく。

コンパの救世王、
太郎。
いちばんオトク
な名前。
現在でも一般的な名前として愛用されている。
そして、2012年、
甘太郎で太郎と名前が付く人は半額、
という太郎割引が適用された。
日本の宴は
太郎が盛り上げる。
甘太郎は、
太郎に甘い。
くいだおれる太郎。
太郎が笑顔の真ん中にいる。
我が社に太郎がいますように。
ひっぱり太郎。
太郎が
いると
遠慮が
ない。
見た目より、
太郎。
どうしよう。
元カレが太郎だ。
太郎が重宝される同窓会。
はじめて
思った。
太郎で
良かった。
金欠は、
太郎が救う。
太郎が偉い
彼
コロワイド創業ブランド「甘太郎」35周年記念 特別企画
太郎割
tarowari.jp
START!
太郎が、
主役
POINT 1
お名前が「甘太郎」の方
グループ全額無料
割引上限 100,000円
POINT 2
お名前に「太郎」が付く方
グループのドリンク or お料理全品半額
割引上限 5,000円
POINT 3
お名前に「太郎」が付
グループの宴会コース料金10%OFF
株式会社コロワイド PRESENTS
TAPA
三間堂
NIJYU MARU
北海道

企画書を相手に贈る時のポイント

たった一つの成功体験が、前に進む勇気をくれるのだと思う。新たな一歩を踏み出す前に考えた。

「なんでうまくいったんだろう?」僕の名前に太郎が入っていたから? いやいや、それだけじゃないはずだ。この経験を、単なる偶然として片付けたくなかった。次の仕事につなげるために、「甘太郎」の仕事の過程を振り返りながら、自分なりにポイントを整理した。

企画書を相手に贈る時に気をつける3つのポイント。

1つ目、「自分は本気か?」

自分が提案しようとしているその企画、そのコピーにどれだけ思いをこめられているか。本気の一語一句は、無視されない。

2つ目、「相手は喜ぶか?」

大切なのは相手が欲していることを言っているか。独りよがりの考えを相手に贈っても、それは迷惑なだけだ。喜んでもらえさえすれば、その企画書はひとり歩きしていく。

３つ目、「本当にできるか？」

書かれている内容を責任もって遂行できるか。夢だけを語ってないか。無責任なことを言ってないか。本当に企画を実現できれば、信頼関係がうまれていく。

そんな自分の道を踏み出した時に連絡をしたのが松居くんだった。

自分から思いを伝えに行く

映画「自分の事ばかりで情けなくなるよ」の宣伝で、松居くんと仕事ができて、自分が好きなロックバンド「クリープハイプ」とも関われた。けれども、ここで終わらせたくなかった。宣伝やアートワークも手伝いたい。そもそも一緒に仕事ができたらどれだけ幸せだろう。映画の宣伝の仕事からさらにはみ出していけたら…そんな話を、会社の同期であるアートディレクターの中尾祐輝くんとして、妄想は膨らんでいく。

「じゃあ、提案しに行こう！」

もう迷いもない。コピーの力、デザインの力で、アーティストの役に立てるのか考えて、考えて、考え抜く。はたから見たら、必死になってダサいのかもしれない。でもやっぱり、手に入れたいものがあるのであれば、ダサいくらいがちょうどいいと思う。

2013年の年末、企画書をまとめて、ユニバーサルミュージックの担当者の方へプレゼンに。面識は、ほぼゼロ。紙芝居形式で伝えていく。返事はやはり、シンプルだった。

「一緒にやりましょう!」

言葉の人であり、行動の人でありたいと思った。相談されたら120パーセントの言葉で応えるのはもちろん、自分から思いを伝えに行く。それだけで、仕事はどんどんはみ出していける。はみ出す仕事。それは自分の意志を伝えに行くこと、行動することからはじまる。

第4章／つながる姿勢

芸人　芦沢ムネト
全部無駄になってない。

芦沢さんっていったい何者？

阿部　芦沢さんは本当に多方面で活躍されていますよね。イラストも描く。お笑いもやる、ラジオもやる。単刀直入に聞きますね。芦沢さんっていったい何者なんですか（笑）？

芦沢　何者だとも思われたくないというか（笑）。子どもの頃は野球選手になりたかったし、中学に入って、友達のバンドに誘われれば、ミュージシャンになろうとしたし。まぁなれる訳もなく（笑）。いろいろ手を出していて、とにかくミーハーでした。そんな感じのまま高校に進学するんですけど、高3にもなると、みんななんとなく志望校を選びはじめますよね。その時、普通の大学に行って俺どうするんだろうなと悩んでいたわ

芦沢ムネト（あしざわ　むねと）
1979年生まれ、東京都出身。多摩美術大学映像演劇科卒。お笑いユニット「パップコーン」のリーダーとして活躍するかたわら、2011年末よりツイッターで掲載した癒し系キャラクター「フテネコ」がたちまちリツイートされ続け話題を呼ぶ。BRAHMAN「警醒」MVや海外アーティスト、野外音楽フェスとのコラボレーション、自身主催のイベント「NYA！ NYA！ NYA！～EXTRA～」を開催するなど精力的な活動で注目されている。また、東京・新潟・大阪では個展「フテネコ展」を開催。TOKYO FM SCHOOL OF LOCK！の"教頭"として、ラジオパーソナリティとしても活躍。

けです。ちょうどアニメが流行っていた頃でもあって、例に漏れず、僕もアニメ好きで。それで、「スタジオ・ジブリに入りたい！」と考えるようになりました。そこから画をちょこちょこ描くようになり、「専門学校に行く！」と親に言ったらすごく怒られたんです。

「そんなお金を出したら入れるような所に行くな。せめて美大に行け」と言われて。そこで、あ、美大っていう選択肢もあったかと。

それで美大に進学することになるんですけど、行ったら行ったで、演劇にのめりこんじゃって、これは超楽しいぞとなったものの、次は知り合いの人から、落研《おちけん》でお笑いやってるから遊びに来ない？と誘われて、お笑いの世界に入っていくことになります。

阿部　自分が好きなものに、とことん導かれていく。その連続ですね。高校生の時に、総合大学ではなくて、美大を目指したのは、自分にはどこか違う道があると意識していたんですか？

芦沢　サラリーマンになる自分が想像できなかったんです。あとは、親が画を描いていたというのも影響していると思います。絵描きというほどではないんですけど、壁一面に大きな画を描いたりしていたので、子どもの頃から見よう見まねで漫画を描いたりしてましたね。

フテネコ誕生のきっかけ。

阿部　大学は何学科に行かれたんですか？

芦沢　多摩美術大学の映像演劇学科です。「何かやってごらんよ」というスタイルの学科で、アニメも映画も演劇も、それからコントも、表現のジャンルはほぼやったんじゃないかなあ。

阿部　最終的にコントにのめり込み、芸の道に進むことになるんですよね。

芦沢　そうですね、当時は7、8人のユニットで活動していて、みんなで定期的にライブをしていました。

阿部　それと同時にイラストを描きはじめたということですが、フテネコ（※1）誕生のきっかけについて聞かせてください。

芦沢　フテネコを描きはじめたのは、ツイッターをはじめた2010年くらいからですね。ツイッターで何をつぶやけばいいかわからなくて、たまに絵を描いてはアップしてたんです。実はフテネコは、音楽とのつながりから生まれました。僕がむかしバンドをやっていたので、バンドの子と仲良くなる機会が多くて。

阿部　芦沢さんの音楽ネットワーク、ものすごく広いですもんね。

芦沢　5、6年前かなあ。駅前で路上ライブをしている人の歌がとんでもなくうまくて、「めっちゃうまいですね」って話しかけ

※1 フテネコ
ふてぶてしくて、時々ロックなネコのキャラクター。ツイッターにアップされるとたちまちリツイートされ、人気を呼ぶ。

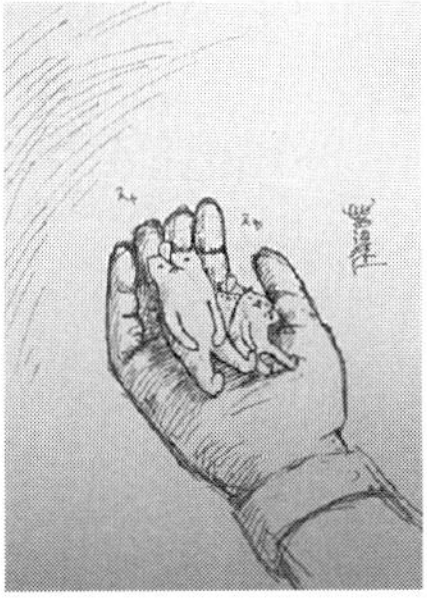

たんです。そしたら、その時歌っていたのが、僕が前日に行ったカラオケの情報番組で流れていた曲で、歌っていたのは、なんと本人だったんです（笑）。
仙台から出てきたばかりのカラーボトル（※2）というバンドで、友達も少ないと言うんです。「じゃあ、友達になってください」と（笑）。一緒に飲みに行きました。

阿部　すごいなあ。縁もあるけど、そこでちゃんと声を掛けられるところが。

芦沢　それからすごく仲良くなって、バンド仲間も紹介してくれたんですね。
そのうちの一人にShe Her Her Hers（※3）のベースのとまそんくんがいて、「”ダブルあっこ会“があるから来る？」と誘ってくれたんです。

※2 カラーボトル
仙台出身の3人組ロックバンド。2004年結成。

※3 She Her Her Hers
通称シーハーズ。4人組バンド。2011年、タカハシヒロヤス（Vo／Gt／Syn）、とまそん（Ba／Cho）、坂本夏樹（Gt／Cho）で結成。2015年、坂本が脱退を発表。

阿部　なんですかそれは？

芦沢　チャットモンチー（※4）のあっこ（福岡晃子）ちゃんと、GO! GO! 7188（※5）のアッコさんが主催するベーシストが集まる飲み会なんです。「ベースじゃないけど、お笑いのツッコミは、ベースと同じだと思う」とか言って（笑）。二次会から参加させてもらいました。

阿部　おお、また出会いが広がりましたね。

友達が喜んでくれるものを描こう。

芦沢　すごい人とつながればつながるほど、楽しい半面、正直ちょっとしんどくなってきました。「明日テレビの収録がある」とか「今度、武道館なんだ」とか、そんな話を聞いて…俺はいったい何をしてるんだろうって。

※4　チャットモンチー
橋本絵莉子、福岡晃子からなる女性2人組バンド。2005年にメジャーデビュー。

※5　GO! GO! 7188
3人組ロックバンド。高校の同級生だった中島優美、ノマアキコによって結成。その後、ターキーが参加。2000年メジャーデビュー。2012年、解散。

阿部　悔しいというか、動きたくなるというか。

芦沢　そんな気持ちを抱えながら何とかしなきゃと思って、たまたまツイッターにネコのイラストをアップしたんです。ギターを持ってるネコとか、サラリーマンとネコとか。そしたらチャットモンチーのあっこちゃんが「うちのネコだ！」と言ってくれて。

阿部　嬉しい反応が返ってきましたね。

芦沢　そう。いつもなら少ししかリツイートされないのに、100リツイートとかされたんです。「あ！」と思って。それなら、友達のミュージシャンの人たちが喜んでくれるもの、面白いと思ってくれるものを描こうと思いました。それで描きはじめて、たとえばギターをマニアックなギターにしてみたり。

阿部　見つけたら嬉しいネタを仕込んでいったんですね。

芦沢　「よくみたらフェンダーの○○ですね」みたいに、会話が生まれて、バンドの方たちを中心に次々とリツイートされました。これを習慣にしなくてはと思い、一日3枚描く、というルールを決めました。当時、ホテルの受付で深夜バイトをしていたので、その最中に、朝と昼の2枚分を描いて。夜の分はバイトまでの時間に描いて。

阿部　簡単に言いますけど、すごく大変ですよね。

芦沢　大変でした（笑）。でも、「読者が待ってる！」みたいな感じで。結果的にそれまで500人だったフォロワーが約1週間で2万人に増えました。

阿部　うなぎのぼりですね（笑）。読者が2万人に増えたってことですもんね。

全部無駄になってなかった。

阿部　ツイッターでフテネコのイラストを次々にアップして、それが仕事にもつながっていったんですか？

芦沢　お笑いライブに雑誌の編集者さんが来てくれて、本を出しませんか？　と声を掛けてくれたり、冊子の挿絵を担当させてもらったり、その絵を、ＢＲＡＨＭＡＮ（※６）のＴＯＳＨＩ－ＬＯＷさんが見てくれて、ＭＶでコラボレーションすることになったり。

阿部　フテネコがいることで、輪がどんどん広がっていきますね。

芦沢　僕、いままでやってきたことが、全部無駄になってないんです。美大を目指したことで絵が描けるようになった。バンドをやっていた自分だから描ける絵がある。お笑いの設定をそこに活

※６　ＢＲＡＨＭＡＮ　ロックバンド。１９９５年、ＴＯＳＨＩ－ＬＯＷ（Vo）、ＭＡＫＯＴＯ（Ba）、ＲＯＮＺＩ（Dr）を中心に結成。民族音楽等をベースにしたサウンドが特徴的。

かすことができる。いろんなことに手を出してきたすべてが活きてるんです。

阿部　伏線を回収してる感じですね。

思ったより向こうの土俵にいく。

阿部　芦沢さんの「友達力」って半端ないですよね。いまもどんどんいろんな人と出会っていっている。友達をつくる上で心がけていることはありますか？

芦沢　「思ったより向こうの土俵にいく」かなぁ。

阿部　なるほど！　飛び込んでいくということですか？

芦沢　こうすると迷惑だなとか、失礼じゃないかなとか、こっちがいろいろと想像するじゃないですか。でも、思ったより踏み込んだ方が、自分も楽だし、気を遣いすぎなくていいと相手にも思ってもらえる。

ラジオをやっていて気付いたのは、誰よりも緊張しているのは相手だということです。僕も緊張しますけど、向こうはそれ以上に緊張している。こっちから「大丈夫ですよーいつでもどうぞー！」とか、「僕のうちに遊びに来たみたいな感じで！」とか。「失敗最高なんでお願いします」とか言うんです。その一言で雰囲気ががらりと変わりますね。

阿部　自分から空気をつくっていくんですね。でも空気を読めない人が同じことをすると、それはとても失礼なことになってしまう。

芦沢　履き違えちゃいけないんです。失礼なことをバンバン言うのではなくて、相手に敬意をもった上で話さないといけない。

阿部　たとえば相手と連絡先を交換した後も、自分から連絡してみるんですか？

芦沢　そうですね。そのまま終わったらもったいないじゃないですか。興味があるんだったら、言ったほうがいいし。言わないと伝わらないと思ってます。でも、言ったらそれをやらないといけない。「飲みに行きましょうよ」だけ言う人って多いですよね。

阿部　出会う人から新しい仕事がうまれていくのも不思議です。

芦沢　最初から仕事になると思って会っている訳ではないんです。でも、なんかあるかも、とは思ってます。この人にはなんかあるなと思ったら言います。面白いものを面白いと言う。自分がいいと思ったものをちゃんと認めるというか。それを人にも言うと、気付いたら仕事になっていることも多いですね。

頭の中は居心地いいからな。

阿部　口に出すこともそうですけど、この先何かつながりそうだなって、思いはじめないと、はじまらないですもんね。

芦沢　思うだけで終わる人が多いから、もったいないなと思うこともあります。
「頭の中は居心地いいからな」って、大学の先生に言われたことがあるんです。「頭の中は居心地いいにきまってるよ。頭の中なんだから。かたちにするのが難しいんだよ、お前。なに頭の中にとっておいてるんだよ」って。

阿部　ぐさりときました…本当ですね。

芦沢　頭の中では自分で好きなことができるし、居心地がいい。でも実際、かたちにしてみると思い通りにいかない。技術が足りないとか、時間が足りないとか、うまくいかない理由をあげたらきりがない。でも、そこにとどまっていても何もはじまらない。「やればいいじゃん」って本当に思います。

自分が想像つかないものになりたい。

阿部　つぎに芦沢さんの未来の話を伺いたいと思います。こういう風になりたいとか、ビジョンはあったりするんでしょうか?

芦沢　個展を開催するとか、フテネコがCMで使われるとか、あると言えばあるんですけど、本音では、自分がどうなっていくのか楽しみなんです。最終的に自分が想像のつかないものになっていると最高だなと思ってます。

阿部　芸人でも、イラストレーターでもなく、ひと言では言えない、形容しがたい存在ということでしょうか?

芦沢　岡本太郎さんみたいに、訳がわからない部分こそカッコイイというか、理由はわからないけど、なんだかすごい！って思わせる感覚ですね。

阿部　なるほど、そう考えると何が起こるか楽しみですね。

芦沢　自分の未来を想像はしているけど、予想はできない感覚というか。こうして阿部さんと対談することだって、イメージすらしてなかったですし（笑）。タネをまいているつもりもないけど、これからもそういうことがたくさん起こるといいなと思います。

信頼関係を築くために働く。
〜資本主義から関係主義へ〜

つながることへの疑問

人は誰かと出会うために生まれてくる。でも、その出会いに意味を見出せるかはその人次第なのだと思う。芦沢さんにはつながる姿勢があった。出会いから刺激を受け、自分を奮起させ、どんどん新たな仕事につなげていった。

「俺はいったい何をしているんだろう？　何とかしなきゃと思った」

芦沢さんが、たくさんの方に出会いはじめた頃に感じたこの思いに、僕はかつての自分を思い出した。つながることへの疑問を持った自分のことを。

人脈の、脈を打つために

入社して人事に配属された僕は、同期会の開催など、幹事としてとりまとめを任せてもらっていた。それに加え、同じ年に社会に出た社会人同期でつながろうと、一時期の毎週末、会社の枠を越えて飲み会をしていた。それはそれは本当に良く集まっていたと思う。

社会人は「人脈」が大事。その言葉の意味を大して考えることもなく、出会うこと、集まることで、満足していた。僕たちは「これから」の存在で、可能性は腐るほどあるんだと気持ちは大きくなり、何度も乾杯を重ねて、またたく間に時間は過ぎていった。

ある時、深夜まで友人たちと大騒ぎをした帰り道。火照《ほて》る顔に反して、心は冷めていた。何があった訳でもないけれど、一人になった瞬間、思った。からっぽだ。この先に何があるんだろう? この出会いを活かせる力が自分にはまったくないじゃないか。

増えていく名刺も、携帯の連絡先も、何もない自分には虚しかった。もちろん、長く付き合える友人ができることは素晴らしいことだ。ただ僕は、出会ったからにはいつか一緒に仕事をしたいと思った。仕事をすれば、達成感を共有できる。もっと関係を育てていくことができる。

「あれってすごいよね」

「あの先輩がやっているらしいよ」

そんな噂話をしているだけでは何も生まれない。いつか自分たちでかたちにしないといけない。先輩に憧れているだけでは同じ土俵に立ててない。人脈の、脈を打つためには、相手に役立てる力を磨くしかないんだ。

それは社会人2年目、コピーライターになって1年が経ち、仕事にまったく歯が立たない現実に直面した時。そこから僕は、付き合いの悪い人間になった。まず、自分がどう相手に役立てるかを見つけなければ…その思いで焦っていた。

役に立てるコピーの力

そこからひたすら仕事に打ち込み、待つだけではなく、コピーを書きに行こうという意識に変わった2012年。この時、コピーを書くことにはどんな力があるのか見つめ直していた。

コピーを書く力。キャッチコピーを書ければ、物や事の本質を言葉にできる。ボディコピーを書ければ、ストーリーや筋書きを言葉にできる。コピーライターは、いい感じの言葉を広告にする仕事じゃない。コピーライターは、いい考えを言葉にして商いをする仕事だ。言葉を味方につけて、課題を発見して、解く。そうか、コピーライターという仕事は、何か課題を抱えている人と出会うことで、そこから新たな仕事が生まれたり、いい考えを世の中に提示できたりする。つながりからポジティブな未来をつくり出せる仕事。僕はそういう仕事をできているんだ。そう考えた時に、ふだんコピーを考える時と同じで、コピーライターという仕事を、自分なりに再定義しようと思った。

言葉をあつかう商人

コピーライターとは言葉をあつかう商人である。

食料を専門にあつかう人、エネルギーを専門にあつかう人が商社にいるように、コピーライターは「言葉をあつかう商人」と再定義できるのではないかと考えた。

歴史上、商人はもっとも自由が許された職業だと思う。鎖国状態の日本であっても、商人は、国と国とを行き来して、商いをすることを許されていた。そう考えると、言葉をあつかう商人は一定の場所に留まっていてはいけない。会社を越え、業種を越え、文化を越え、人とつながることにこそ意味が出てくる。企業と、経営者と、編集者や作家と、アーティストと、どこの誰とでも仕事ができる可能性があるのだから。

僕らコピーライターが宣伝会議賞に粘り強く取り組み、コピー年鑑にかじりつくようにして育んできた「考える力」は、広告業界以外のいろんな場所で使えるはず。これまでの広告の仕事のように、アンカーとして最後のバトンを託されるのを待つのではなく、第一走者として走りだすことだってできる。手で稼ぐと同時に、足で稼ごう。商いをできる市場を広げていこう。再定義することで、違う景色が見えてきた。

コピーライターは、コピーだけを黙々と書くべきだと言う人もいる。でも僕は、新しい道をつくりたい。そう改めて心に決めた。

つながる姿勢＝素直、貪欲、誠実

松居くんとの仕事で、映画業界の方と出会う。クリープハイプの仕事で音楽業界の方と出会う。これまで以上にたくさんの方と出会う機会に恵まれた。その上で、心から大切にしていた「つながる姿勢」がある。

まずは、素直であること。さまざまな出会いの中で、当然羨ましくなるような仕事をしている方に出会うこともある。心がざわついたりもする。大切なのは、その時に何を思うか。いいと感じたものに対して、嫉妬で耳をふさぐのではなく、いいものはいいと素直に認めること。自分と違う、もしくは自分より優れた考え方を素直に受けとめる。そしてスポンジのような吸収率で取りこみ、すぐにでも自分の血肉にしてしまうこと。

つぎに、貪欲であること。チャンスを貪欲に掴み獲りにいく。僕は会社に入ってから、この方は本当にすごいと思える人に出会った。越えたい背中が見えたなら、近くで観察した方がいい。当たり前の話だけど、すごい人たちは、僕に会いに来てくれたりなんてしない。だから、その人が選抜制の研修を開催するとなれば、すぐに申し込み、その上で、何としても受けたいという思いをつづった手紙まで添えた。どうしてそこまでするのと言われることもある。ただ、逆にどうしてここまでしないのかとも思う。現状に満足しない。とことん貪欲にやってみる。出会いを一つも無駄にしないつもりで。何かをしたいと切に願う人に、人はチャンスを与えてみたくなるはずだから。どうせ自分は…と遠慮しているうちに、誰かが全部持っていってしまう。

そして、誠実であること。ちがう立場の人に心を開いてもらうには、何よりも誠実な気持ちで向き合うしかない。大企業の名刺を持っていると誰とでも会える。よく言われるその言葉は、一つの事実だと思う。けれども、そこにあぐらをかいていては意味がない。まれに、仕事をしていると、他社の方や、一緒に仕事をしている方に、偉そうに乱暴に接する人がいる。論外、もっての他だと思う。時には年齢を忘れるくらいがいい。知らないことを知っている人はたとえ年下でも先輩だと思うこと。それは誰に対してもへりくだるべき、ということではなく、誠実な姿勢でいることで、相手の方もたくさんのことを教えようと思ってくださると思うから。

素直で、貪欲で、誠実であること。当たり前すぎるかもしれない。でも、すごく当たり前のことを、日々、積み重ねていくことでこそ、多くの人とつながり、確かな信頼関係をつくれるのだと思う。

資本主義から関係主義へ

築き上げた信頼関係から「あの人と仕事をしよう」という気持ちが生まれて、

その仕事からお金も生まれていく。つまり、信頼は、資本に換金される。そう考えた時、何かを決める時、そこにお金があるかどうかで判断するものさしもあれば、そこに信頼関係があるかどうかで判断するものさしがあってもいいはずだと思った。

「資本主義から関係主義へ」自分は関係主義を大切にしたいと考えた。仕事でお金を稼ぐことよりも、仕事で信頼をどれだけ稼げるか、つまりお金を豊かにするのではなく、心を豊かにする生き方があってもいいのではないかと。どれだけの人と志でつながり、新たな信頼関係をつくれるか。その生き方は、とても清々しく思えた。

自分に最適なメディアを考える

新たなつながりをつくる上で、発信することも大切。いまはテレビや新聞などのマスメディアに頼らなくとも、ＳＮＳがあれば、自分の意見を世の中に伝えることができる。

では自分の「何を」発信しよう…？　とさっそく考えてしまうけれど、「何で」

発信するのかをまず考えるべきだと思う。

「夏目漱石はなぜ歴史に名を残すことができたのか？」という話がある。「吾輩は猫である」や「坊っちゃん」など数々の名作を書いた以上に決定的だったのは、朝日新聞に入社して「三四郎」や「こゝろ」を朝日新聞紙上で連載できたことこそが、夏目漱石を国民的存在に押し上げたのではないかという話。つまり、夏目漱石は朝日新聞という自分を発信する場を得ることができた。そこに、自分の考えや、らしさを表現できる最適な場を持つことの大切さがあると思う。自分らしさをうまく伝えられるのは、ツイッターなのか、フェイスブックなのか、はたまたプレゼンテーションをするパワーポイントなのか、もしくはイベントを開催することなのか？

トークイベントという「場」

僕にとってそれはトークイベントだった。2012年に東京の下北沢に、ビールが飲めて、かつ毎日何かしらのイベントが開催されている本屋B＆Bができてから、トークイベントを開催することがぐっと身近になった。

恋愛と変態はすこし似ている。

コピーライター　阿部広太郎　×　歌人　木下龍也

「だれかを好きになったことのない者のみ、我々に石を投げよ。」

4月19日（Sat）19：00
本屋B&B
http://bookandbeer.com/

キミが好きだと言うかわりに、シャッターを押した。（福田恭夫）
「嫁さんになれよ」だなんてカンチューハイ二本で言ってしまっていいの（俵万智）
コピーも短歌も恋愛にまつわる名作が多い。
いつか僕たちも、そんな一行を書きたい。
でもいったいどうすればいいんだ。かつて誰かが言った。
あらゆる創作物は、恋をするとうまくなる。
失恋するともっとうまくなる。
本当にそうなのか。恋愛を糧にするしかないのか。
でもそれってすこし変態…
20代のコピーライターと20代の歌人が語ります。

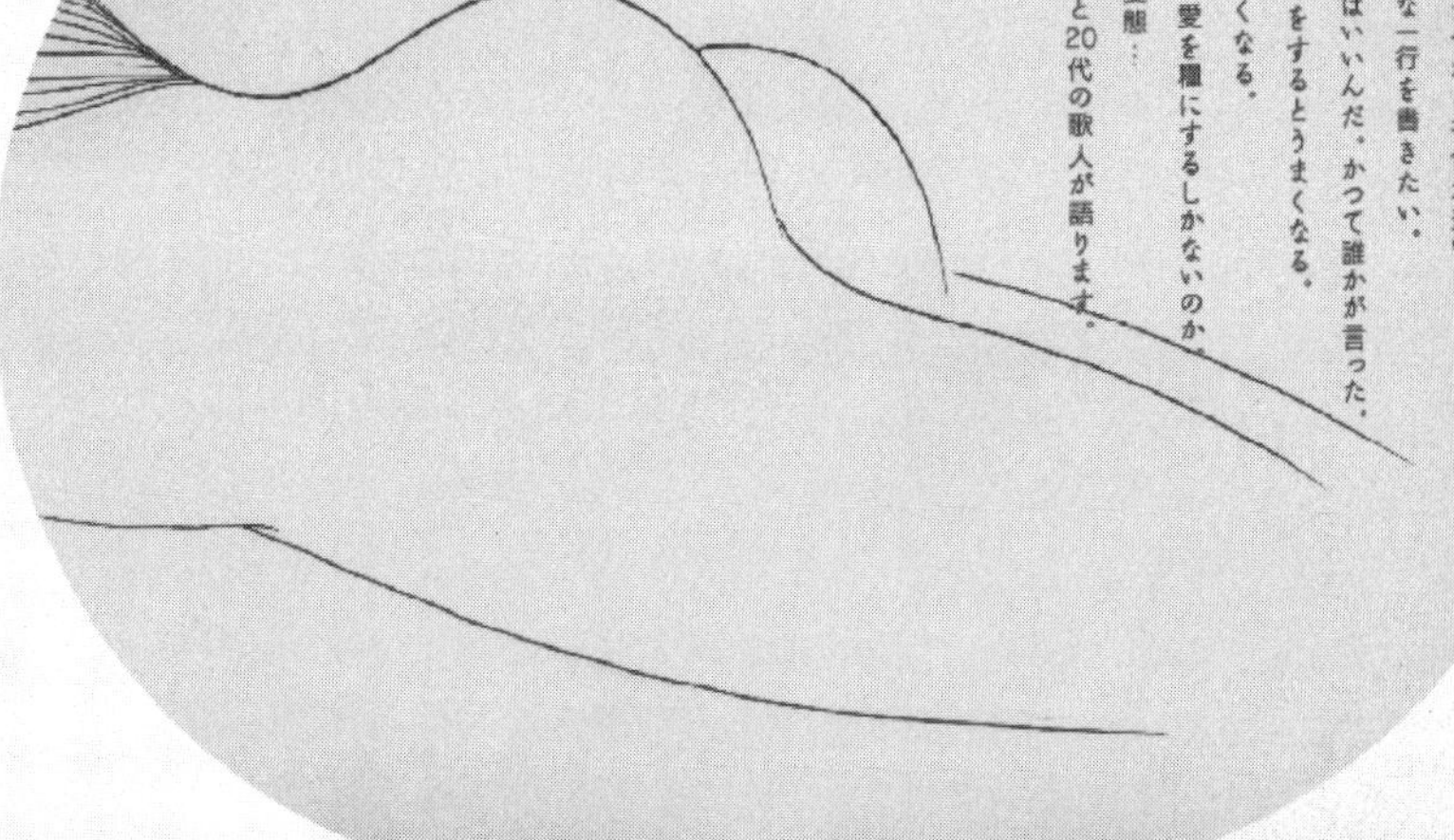

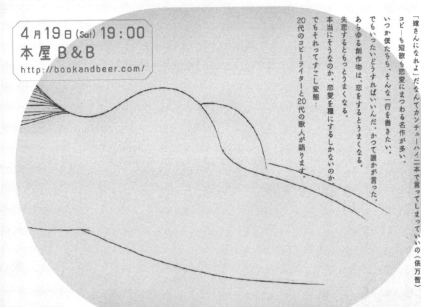

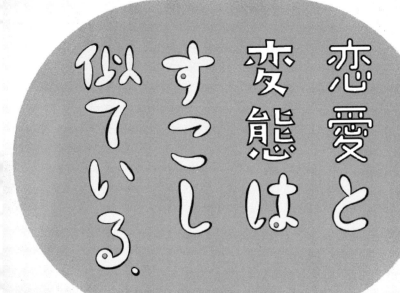

2013年、「コピーライターのラブレター講座」というイベントではじめて登壇。人事時代にたくさんの人と接しながら講演会を実施してきたこと。日々クライアントにプレゼンテーションをしていること。だからこそ、テーマを見つけて、会話をしていくトークイベントが自分らしさを伝える場に向いているのだと気付いた。

また自分で、トークイベントという「場」を持てれば、そこにお会いしたい人をお招きして、新たな出会いを生み出すことだってできる。僕はぶっつけ本番で盛り上げる話芸を持ちあわせていない、だから全力で準備をする。対談相手のインタビューや著書にはすべて目を通し、相手の人生をできる範囲で追体験しておく。とても難しいけれど、相手よりも相手になる。実はこれ、コピーライターであれば、日々の仕事で行っているルーティンそのものだった。それをトークイベントに活かす。いい聞き役であり、話し相手になれれば、関係は一歩二歩と育てられる。

自分の信じるものを発信する

「何で」発信するかを考えられたら、次は「何を」発信するか。その「何を」は自分の中にある信念のようなものだと思う。発信も受信も、本来信じるものが器としてあって、その器から発したり、受けとめたりしているはずなのだ。

自分の信じるものが、好きな小説や漫画や映画であれば、そのことについて語ればいい。語ることで、同じ考えの人が集うことができる。僕の場合、コピーを書くことを通じて、短い文章でも、人の考え方に対して、ポジティブに作用できることを知った。だから、ツイッターでは、何かのきっかけになれたらという思いで、読んでくれた人の背中を押す言葉をつぶやきつづけている。

まず、自分で、相手の役に立てる自分を育てること。そして、つながる姿勢をもつこと。自分は「何で」、「何を」発信するのか。それを考えるだけで、意識は変わり、日々の行動が変わっていく。すると、出会いが積み重なっていくような感覚になる。それを愚直に繰り返してきたからこそ、友人を介して偶然出会えた芦沢さんと、またこうして対談という再開の場をつくれたのだと思う。

第5章／居場所を増やす

社会学者　古市憲寿
自己紹介できる自分をもっておく。

どんなプロフィールがつくれるか。

阿部　古市さんとはじめてお会いしたのは、この本にも登場してくれている松居監督（※1）を介してでしたね。それをきっかけに、僕自身の出会いがどんどん広がっていきました。古市さんが「友達同士のあいだで、新しいことがはじまっていくのが嬉しい」とお話しされているのを聞いて、その言葉が強く印象に残っているんです。

古市　それって僕にとって、すごく当たり前の感覚なんです。たまに人脈を抱えて、それを仕事にしている人もいますが、僕はそうじゃない。だったら友達同士がつながってくれたら、単純に嬉しいなと思っています。

古市憲寿（ふるいち　のりとし）
1985年生まれ、東京都出身。東京大学大学院総合文化研究科博士課程在籍。慶應義塾大学SFC研究所上席所員。専攻は社会学。著書に『希望難民ご一行様』（光文社）、『絶望の国の幸福な若者たち』（講談社）、『保育園義務教育化』（小学館）など他多数。

※1 松居大悟
76頁参照

古市憲寿『絶望の国の幸福な若者たち』（講談社、2011）。

阿部　古市さんの立ち位置は一応「社会学者」ですけど、いわゆる学者の世界だけじゃなく、音楽の世界や、起業家の世界、テレビの世界…すごくいろいろな世界をのぞきつつ、誰とでも交流できる場所にいらっしゃいますよね。

古市　ただ、何をやっているのかわからなくなったらダメだなとは思っています。どこにでも、得体が知れない人っていますよね？「そういえば、あの人何やってるんだっけ？」という風にはなりたくないんです。そのためには、専門性を持つことが大切だと思っていて、どんな現場にいても自己紹介できる自分をもつことは意識しています。

阿部　おお！　自己紹介できる自分。

古市　「こんなことやってます」ってひと言で言えれば社交はとても楽になります。

特別な才能がある人は別だけど、才能がない人は何か自分の専門性をもった方が誰かとつながりやすくなると思うし、他人からも紹介してもらいやすくなりますよね。

阿部　いまの時代、とにかく誰かとつながらなくちゃって、焦りがちですけど、大事なのは、まず、自己紹介できる自分を育てることなんですね。

古市　そうそう。そうじゃないと、1回会えたとしても、その後が続かない。何をやってるかわからない人と、もう一度会おうとは思わないですよね？

1個でも専門性があったら、他のところは評価されなくてもいいし、たとえ批判されたところで、その人の本質は傷つかない。先日「ゲスの極み乙女。」のライブに行ってきたんですが、川谷さんの才能は誰の目から見ても明らかで、スキャンダルがとても小さなものに思えました。

阿部　お話を伺っていて思ったんですけど、『保育園義務教育化』（※2）を古市さんが書かれて、本を書くことを通じて、「僕はいま、〇〇に興味があります」という自己紹介をされているのかなと。

古市　そうですね。自分が興味のあることで、そのことだったらいくらでも語れて、語っても苦痛じゃないことを本にしています。だから肩書きは何だっていいと思ってます。べつに肩書きで仕事してる訳じゃないから。

阿部　それよりも大事なのは、自分の専門性を磨いていられるかどうか。

古市　SNSで人とつながる時代だから、ますます肩書きの価値は下がっていくと思う。名前で検索すればコミュニケーションがとれる訳ですから。仕事相手を見極める時も、ただの肩書きでは

※2　古市憲寿『保育園義務教育化』（小学館、2015）。

なく、それまでにどんな仕事をしてきたのかがどんどん可視化されていくわけですよね。
肩書きよりも、どんなプロフィールをつくれるかっていうことの方がよっぽど大事だと思います。

ストレスがない方を選ぶ。

阿部　古市さんが「社会学」というテーマに出会ったきっかけを教えてください。

古市　う〜ん…実は全然意識してなかったんです。
大学1年の時もデザイン系の授業ばっかりとっていて、学者になろうなんていう気はまったくありませんでした。でもある時、履修しようと思っていた3Dアニメーションの授業の選抜から漏れてしまったんですね。時間が空いちゃうのはもったいない、っていうぐらいの感覚で、同じ時間帯に大教室でやっていた小熊英二さん（※3）の「近代史」という授業をとったんです。それがすごく面白かったんです。高校までの歴史の授業とは全く違う観点で説明される歴史や社会制度についての話が、とても新鮮でした。

そこから少しずつ社会学系の本を読むようにはなりましたけど、誰か師匠みたいな人がいたわけでもなく、なんとなく自分はそういう分野が好きなんだなぁ、と思っていただけでした。

阿部　でも、その時に書いた卒業論文でいろいろな人から「面白いね」という評価とか、感想とか言われたんですよね、きっと。

古市　いろんな人っていうよりも、僕は基本的に自己評価の高い人間なので、卒論としてはめっちゃよくできてるなと、自分で思っていました（笑）。

阿部　なるほど（笑）。すごく面白く書けたという古市さんの実感があって、大学だけで終わらせず、さらにこの分野を勉強しよ

※3 小熊英二
1962〜
社会学者、慶應義塾大学総合政策学部教授。専門は歴史社会学。著書に『社会を変えるには』（講談社現代新書）、『〈民主〉と〈愛国〉』（新曜社）、『1968』（新曜社）など他多数。

うと思って大学院に進まれたんですか？

古市　いや、たまたま大学の長谷部葉子さん（※4）に「東大の大学院でも行ったら？」って言われて、じゃあ、行こうかなと思って調べはじめただけです。

大学院の件に限らず、僕の人生は流されてきた部分がすごく多いんです。嫌なことをやらない努力はするけど、一方で何かを決断する時には他人の意見に従うというか、自分で選択したことはあまりないんです。目標に向かって努力を積み重ねるというよりは、それぞれの段階でストレスがない方を選んだ結果が「いま」な気がしています。

阿部　そうやって大学院に進む一方で、大学時代に出会ったご友人と会社を立ち上げて、コンサルタントの仕事をされたり、同時期に複数の居場所を持たれていて、さまざまな活動をされていますよね。

※4 長谷部葉子
慶應義塾大学環境情報学部准教授。専門は、異言語・異文化コミュニケーションを基盤とした英語教育、カリキュラムデザインとその教授法。学生たちからは「SFCのビッグママ」と親しまれている。35歳で大学入学、40代で大学院修了後、現職。著書に『今、ここを真剣に生きていますか？ やりたいことを見つけたいあなたへ』（講談社）。

古市　一つの場所に居続けるのがすごく居心地悪いんです。
　限定された一つの場所で継続的に所属した場合、そこで失敗したら、その後どうしたらいいんだろう…って不安になるじゃないですか。いまだったら一応、研究の場にも身を置いていて、友達とやっている仕事もあるし、メディアに出る仕事もある。自分の居場所を増やしておく、ということは意識してやってきました。

阿部　友人関係でも複数のコミュニティをつくることを意識されているんですか？

古市　そうですね。精神科医の熊谷晋一郎さん（※5）が「自立とは依存先を分散させることだ」って仰っているんですけど、本当にその通りだなと思います。この社会で完全に一人で生きることなんて無理。
　僕の場合も、誰か特定の人やコミュニティだけに依存したくないんです。一つの価値観に凝り固まってしまうのも嫌ですしね。

※5 熊谷晋一郎
1977〜
小児科医。東京大学先端科学技術研究センター准教授。新生児仮死の後遺症で脳性麻痺になり、以後車椅子での生活を余儀なくされる。パートナーでアスペルガー症候群の綾屋紗月とともに当事者研究を行う。2010年、『リハビリの夜』（医学書院）で第9回新潮ドキュメント賞受賞。

あえて期待を裏切る。

阿部　いまの若者って、自分の〝キャラクター〟を常に意識していて、立ち位置やポジショニングを非常に気にする印象があります。古市さんは現在のポジショニングを築くために何か意識したり、努力されたことはありますか？

古市　社会学的なことを言えば、僕は役割が人をつくると思っています。環境や、その場の状況によって人の性格や振る舞いは変わる。だから僕のキャラクターは、ある程度、いまの身の回りの状況に応じたもので、環境が変わればキャラクターも変わるかもしれない。

　居心地よく生きるために、その場にふさわしいキャラクターをつくることも方法の一つだとは思います。ただ、それが辛いんだったら居場所を変えてみるのも一つの方法だと思います。よく、他人は変えられないけど、自分は変えられると言いますが、嘘です。移動するだけで他人は変わりますから。ただ、どっちが楽かはその人次第ですけどね。僕の場合は居場所ごとにキャラクターがあるわけではなくて、逆にこのキャラクターのままでも付き合える人との関係を広げているイメージですね。

阿部　キャラクターは、まわりが決めることですからね。

古市　そう。まわりが決めるから、自分ではコントロールしきれない。だから、僕がやっていることは、いまの自分のままでも居心地のいい場所を探すこと、それでもいいって言ってくれる人と付き合うことです。

阿部　まわりから期待される自分を演じるよりは、自分の「こうありたい」に素直に向き合うということですか？

古市　そうですね。それに加えて、期待に応えようと思いすぎないことも大事ですよね。いつも期待を裏切らずにいると、結果的に裏切るようなことが起きた瞬間、周囲も焦っちゃうでしょ？そして、評価が急降下しかねない。ハードルを毎回毎回少しずつ下げておけば、ちょっと頑張っただけでも相手は「すごいね」って褒めてくれる（笑）。

僕は自分自身にもあまり期待していません。期待値が高すぎて、自分にはできるはずっていう思考に陥ると、現実とのギャップに落ち込むけど、期待値が低ければ、たぶん傷つかずに生きていけます（笑）。

意外にリアルな未来社会学。

阿部　最後に、これからの古市さんがやりたいことを教えてください。

古市　最近は、未来のことに興味があります。当たり前のことですけど、いま生まれた子どもたちって、かなりの確率で22世紀まで生きるんですよね。たとえば「2050年」って聞くと、はるか遠い未来のような気がするけど、実は2050年って、今年生まれた子どもが34歳の時です。ちょうど団塊ジュニア世代が高齢者になる頃で、しかも彼らの世代は一人っ子が多く、生涯未婚率も高い。つまり、単身高齢者が増加します。

いまでも無縁社会と言われていますが、現代の単身高齢者には兄弟もいるし、親戚もいる。2050年には、本当の意味での単身高齢者がたくさん生まれて、しかもそれを支える現役世代が少ない。

それではじめたのが『VERY』（光文社）の「未来社会学」という連載です。雑誌の購読者層が小さい子どものいるお母さん世代なので、彼女たちの子どもが大人になる時がもう未来ですからね。意外にリアルなテーマなのかなと思っています。

阿部　具体的に「この仕事をやるぞ」とか、「このテレビに出る

ぞ」ということではなくて、これからも自分が面白いと感じたテーマに身をまかせながら取り組んでいかれるのでしょうか？

古市　そうですね。だから、一生をかけてしたい仕事はないし、別に決めなくてもいいかなとも思ってます。

一つだけ、おじいちゃん世代に届く言葉を探しているっていうのはあるかな。『保育園義務教育化』も一応、そういうつもりで書いたんですけど、おじいちゃん世代にとって、少子化や待機児童の問題はまだまだ遠い世界の話です。でも、社会の実権を握っているのはおじいちゃん世代ですから、この世代に届く言葉を見つけることが問題の解決の糸口になるのかなと思っています。

阿部くんはコピーライターだから実感していることだと思うけど、言葉をつくるっていうことは、同時に概念をつくることでもありますよね。概念ができると、人の行動原理がつくられるから、すごく大きいムーブメントになっていく。

阿部　まさしくそうですね。社会や国を動かそうと思ったら、おじいちゃんたちを含めた上の世代に「あ、そうだね。やろうよ」って思ってもらわないと変わらないですもんね。これからも是非お手伝いさせてください。

自分にとっての豊かさとは。
～生きてて良かったと思える時間をつくる～

居場所を探す時の意識

思えば僕はずっと居場所を探していた。アメリカンフットボール部に飛び込んだことも、広告会社に就職したことも、コピーライターの世界に進んだことも、ずっと心の拠り所となる居場所を求めていた。だからか、居場所について古市さんの考え方に、はっとした。

「一つの場所に居続けた場合、そこで失敗したら、その後どうしたらいいんだろう…って不安になるじゃないですか（中略）。自分の居場所を増やしておく、ということは意識してやってきました」

僕も同じ居場所に居続けずに、自分の興味や、人との出会いで、新しい居場所を増やしていた。そして、その居場所での活動が、僕自身の自己紹介にもなっていた。古市さんはこうも言ってくれた。

「いまの自分のままでも居心地のいい場所を探すこと、それでもいいって言ってくれる人と付き合うことです」

古市さんは、いたって自然体。「居場所を増やす」ということを無理に自分に課している訳ではなく、居心地よくいられる出会いがあったり、場所を見つけたりした時に、面白がりながら、身軽に一歩踏み出していったのだと僕は思った。

では僕は、これまでどんな意識で居場所を探していたのだろう。それをずっと考えていた時に、自分にとっての豊かさとは何か、という問いにつながることに僕は気付いた。

2008年、僕が社会人になってから、凄まじい勢いで世の中は変化していった。社会人として、荒波に揉まれながら、どう意識が変わり、行動を起こしていったのか、振り返ってみたい。

就職活動という新たな居場所探し

話は、僕が就職活動をはじめた2006年に遡る。当時、大学3年の夏になると、企業によるインターンシップの受付がはじまる。企業がどんな仕事をしているのか、働く現場を見ることができたり、仕事を疑似体験できるワークショップがあったり。

「あのさ、あの企業のインターン申し込む？　どうする？」

いたるところでこそこそ話。大学の教室では、自然と周りの動向を気にするようになる。当時の就職活動は、現在よりもずっと選択肢が少なかったのではないだろうか。正確には、一つの価値観が、みんなの中にあったような気がする。

「大きな企業に就職することが幸せの近道である」

ご多分に漏れず、僕もそういうものだと思っていたし、その考えを疑いもしなかった。企業に就職する以外にも、起業を目指す人もいたと思う。けれど、僕のアンテナがそっちを向いていなかったのか、その情報は耳に入ってこなかった。

就職活動という新たな居場所探し。ネット上の情報を信じていない訳ではなかったけれど、僕は積極的に社会人の方に会いにOB訪問をした。できるだけ生の声を聞きたかったし、僕のまだ知らない「働く」ということが何を意味するのかリアルな声を聞きたかった。

OB訪問をした時に、いまでも印象に残っている言葉がある。

「個人の限界はないけど、企業の限界はある」

人の可能性は無限にある、けれど人は環境に左右される生き物だから、企業だけは妥協することなく、選んだ方がいい。まだただの学生でしかなかった僕は、「これから入る会社に定年になるまでいるのだから、就職活動、改めて気合入れ直してがんばろう」と思った。そう、当時は転職さえも、僕の中で当たり前ではなかった。

2008年、僕は「世の中に一体感をつくりたい」という志望動機のもと、広告会社に入社する。そして、その年の9月、リーマンショックが起きる。名前の知られた企業が倒産する。東京・日比谷に「年越し派遣村」が開設される。連日のニュースを、じっと固唾《かたず》をのんで見ていた。企業は永遠ではない、何が起こるかなんて予測しきれないのだと、僕は肌で感じていた。

自分は何をすべきなのか

そして2011年…社会人になっていちばんの衝撃が東日本大震災だった。交通機関が麻痺し、家に帰ることができない。僕も帰宅難民の一人だった。近くのコンビニで食料を確保して、会社のテレビで時々刻々と映しだされる震災の状況を、祈るような気持ちで見ていた。ひとしきりテレビを見た後、僕はデスクでずっとツイッターやフェイスブックのタイムラインを追った。あらゆる情報が錯綜し、みんな混乱の最中《さなか》にいた。

翌日以降、途中まで進行していたいくつかの仕事は中止になった。当然だ。広告どころではない。企業もありとあらゆる対応に追われている。

困っている人がいる。助けを求めている人がいる。この状況下で、自分がいったいいま、何をすべきなのか、何ができるのか…答えの見つからない自問自答がぐるぐると渦巻いていた。

世の中が資本主義に疲れはじめている

「素直になれ。真面目に生きろ」

コピーを書けるようになるにはどうすればいいですか？　と僕が師匠に尋ねた時に、返してもらった言葉がそれだった。世の中で何かが起こった時、「自分には関係ないことだ」とやり過ごしてはいけない。素直に受け止めなければいけない。そして、たとえ面倒でも真面目に考えて、自分の意見を持たないといけない。

世の中の空気を掴んでいなければ、コピーは書けないのだから。だからか、2011年の出来事は、社会人3年目の自分にとって、立ち止まって、大真面目に考えるタイミングだった。

原発の問題一つにしても、自分の生活を支えているエネルギーがどこで発電されているのか、恥ずかしながらそれまで意識をしたことがなかった。右肩上がりの経済成長を追い求めれば、当然その分どこかに無理が生じてくる。

世の中が少し資本主義に疲れはじめているのではないか。大量生産、大量消費。過去につくりあげた仕組みをひたすら回していく。そのためにエネルギーもどんどん必要になる。新しいものができたら、古いものを捨てて、買い替える。そして捨てられたものには廃棄コストがかかり、また社会に負担がかかる。

「人はいつ死ぬのか?」という議論がある。肉体的に亡くなった時ではなく、誰からも思い出されなくなったら死ぬのではないだろうか、という意見があった。僕はその通りだと思った。たくさん働いて、たくさん稼いで、身の回りを豊かな物で飾っても、死んだら物は意味をなさない。僕はそれよりも、人の中でずっと生きていく思い出を残していきたい。自分がこの世にいなくなっても誰かの中に残るものをつくりたいと思った。

自分にとっての豊かさとは何か？

僕にとっての答えは、お金の豊かさを求めるのではなく、心の豊かさを求めることだった。心の豊かさとは、自分が確実に誰かの役に立つ実感のようなもの。だとすれば、だ。日本を変えるなんて大それたことを目指さなくていい。たとえ小さくても、人の心にさわる活動をしていこう。それこそが、僕にとっての豊かさだと気づかせてくれたのが東京・恵比寿での活動だった。

恵比寿の役に立ちたい

２０１２年に、埼玉県の三郷から、東京都の恵比寿に引っ越した僕は、この街が好きになっていた。その好きを加速させたのが、ウェブマガジン「恵比寿新聞」の存在。編集長の高橋賢次さんが、グルメにショップにイベントに、足で稼いだ恵比寿の耳寄りな情報を発信していた。僕は街の魅力に惹き込まれていく。

恵比寿新聞のフェイスブックグループが「２５００いいね！」を達成。その記念で、恵比寿新聞は、恵比寿の飲食店のクーポンをプレゼントするキャンペーンを実施していた。それに運良く当選した僕は、恵比寿新聞の高橋さんと連絡をとり、会えることに。せっかく会えるのだから、当選の御礼を込めて何か考えてプレゼンをしたいと僕は思った。本気のプレゼンは、プレゼントにもなるから。

「僕は恵比寿にどう役立てるだろう？」

お題をそう決めて考えはじめた。恵比寿の魅力は、おいしいごはん屋さんがたくさんあるところ。朝は爽やかで、夜はほどよく賑やかなところ。レトロな部分と新しい部分が混ざりあっているところ。ぶらぶら散歩しているだけでデートに困らないところ。この街の魅力は本当にたくさんある。それはみんなが感じること。自分なりの発見はないだろうか。突き詰めて考えてみると、雰囲気のいいお店が多いとかグルメな街だからとか、そんな表面的なことじゃなくて、恵比寿にいる「人」が魅力的なのではないだろうか。「えびす顔」という言葉がある。その言葉通り、あたたかく、やさしく、にこにこと、迎え入れてくれる人がいる。恵比寿は、「お高く止まっているオシャレ街」のようにブランドの意味合いで捉えられることが多いけれど、この街の本当の価値はブランドではなく、笑顔なのではないか。そのことを新たに発信できれば、それは恵比寿の魅力を伝えられる意義ある取り組みになるかもしれない。そう考えて、高橋さんに恵比寿横丁でプレゼン。

恵比寿文化祭での展示風景。写真右は恵比寿のWEB制作会社KNAPの南英一さん

「やろう！」即決だった。

「エビスのスガオに会いにいこう　エビスガオプロジェクト」

恵比寿に住む人、働く人の写真は、高橋さんが撮りためていた。僕が提案したのは、この写真をもとに、コピーをつけて、ポスターにするというもの。そして、このポスターは、恵比寿文化祭で展示されることになった。街の方たちが近所の方を誘い合って来てくださる。写真の前で記念撮影をする、もちろんえびす顔で。高橋さんも喜んでくださって、企画者として、とてもしあわせな気持ちになった。

恵比寿という地元

「恵比寿に『こども食堂』をつくりたいけど、名前をどうしよう？」

エビスガオプロジェクトで信頼関係を築いた高橋さんから、相談されたのがネーミングだった。詳しく話を聞いてみると、『こども食堂』を恵比寿につくりたいと考えた末岡真理子さんが高橋さんと出会い、高橋さんが僕に連絡をくださったのだ。末岡さんは、専門学校進学を機に上京、ずっと恵比寿で暮らしてきた。現在7歳のお子さんが幼い頃、インターネットの情報を頼りに育児をしており、何度も「近所のおじいちゃん、おばあちゃんの知恵を貰えたら」という思いを抱いたそうだ。そして、「こども食堂」の活動を知り、自分も、近所の方が集い、交流する場をつくろうと決心。賛同者を増やそうと奔走、恵比寿新聞の存在を知り、高橋さんに思いを伝えたと言う。その思いのバトンが僕まで繋がったことが純粋に嬉しかった。

そもそも『こども食堂』とは何か？

一人親の家庭や、共働きの増加で、子どもが独りきりでごはんを食べる「孤食」が増えてきている。そこで、子どもたちに、栄養たっぷりのごはんを数百円で提供し、かつ食事の楽しさを誰かと共有する機会をつくる食堂のこと。

東京・大田区ではじまって、日本全国にその活動が広まっていた。ただ一方で、こども食堂に行くことで、まわりからすると「貧しくて、寂しい家なんだ…」というイメージを持たれてしまう、という側面も。末岡さんや高橋さんにさらにお話を伺った。

「つくりたいのは、21世紀におけるご近所付き合い」親も子も一緒に食卓を囲んで、近くに住む人同士で知り合って、隣近所で助け合えるような関係性をつくれるような場にしていきたい。

僕はその話を聞いて、これからやろうとしていることは「地元」をつくる活動なのではないですかと伝えた。地元というと自分が生まれ育った街のことを一般的に指す。けれど、いま住んでいる街で、自分のことを知る顔馴染みの人がどんどん増えていけば、そこはその人にとって帰るべき地元になるはず。

「おかえりなさい、恵比寿はあなたの地元です」

そのコピーとともに「恵比寿じもと食堂」という名前を提案。「恵比寿じもと食堂」は2016年の春にスタートを切った。

街の匂い。街の灯り。街の眺め。
一人ひとり感じるものはちがっても、
ぼくらはおなじ街で生きている。
おなじ街に暮らす縁があるのだから、
本当はこの街に赤の他人なんていない。
恵比寿に生まれたひとも。
恵比寿に越してきたひとも。
もちろん恵比寿をすきなひとも。
つどってみよう。顔を合わせてみよう。
この街のすきなところを話してみよう。
ほくほくのごはんを囲んで、
わいわいと語り合えば、
子どもも大人もすぐに顔なじみだ。
帰りたくなるあなたの地元だ。
ここ恵比寿をまんなかにして、
人と人の縁をむすぶ食堂はじめます。
おかえりなさい、
恵比寿はあなたの地元です。
恵比寿
じもと食堂

恵比寿じもと食堂の様子

夢中生産・夢中消費

恵比寿じもと食堂では、餃子に、ハンバーグに、その時々に応じてテーマを設けて、親と子で料理を一緒につくる。活動に賛同してくださる方が、野菜やお米を提供してくださったり、恵比寿の料理屋の大将が、出し巻き卵のつくり方をお母さん達に伝授してくださったり。参加する人も、サポートする人も、みんながみんなできることを少しずつおすそ分けして、心があたたかくなる場がうまれている。いきいきと気持ちがつながり合うその場の多幸感に涙があふれそうになった。僕はまだ独り身だけど、家族がほしくなった。それは、僕の中で、生きてて良かったと感じる時間だった。

自分の豊かさを見つけよう、心にさわる活動をしていこう。あの時そう思ってから、行動を起こしてきて、はっと気づいた。

「生きてて良かったと思える時間をつくること」が、僕の豊かさなんだなと。「大量生産・大量消費」ではなくて「夢中生産・夢中消費」。

そこに流れる時間こそが、僕にとっての幸せだと気付いた。この活動で得られたのは豊かさだけではない。自分の居場所ができたこともそうだった。会社だけではなくて、社会における恵比寿という居場所。いざという時に、助けてくれる仲間がたくさんいる場所。

ここまで考えてきて、やっぱり僕も古市さんと同じく自然体だった。

もちろん、居場所を増やすことで、人間関係の摩擦やリスクを減らすということもあるのだろう。でもそれは、誰に対してもいい顔をしていくということではなく、出会う先々で自分が関わる人には幸せになってほしいという思いの結果そうなるのだ。僕はこれからも、自分なりの豊かさの芯を持って、居場所を増やしていくのだと思う。出会いの流れに身を任せるから、どこにいるのかわからない。そんな想像のつかない未来が、とても楽しみになった。

第6章／生き方をつくる

漫画家　清野とおる
もう好きなことを好きに書こう。

漫画のイロハを教えてくれた人。

阿部　清野さんが漫画を描くきっかけは何だったんですか？

清野　おじがきっかけですね。おじはいま70代後半なんですけど、若い頃は漫画を描いていました。戦後間もなく創刊された『漫画少年』（※1）という漫画雑誌があって、漫画家を目指す少年たちが続々と投稿していたそうなんです。藤子不二雄先生や石ノ森章太郎先生、赤塚不二夫先生たちと、同じ時期に僕のおじも投稿していました。

おじは生まれつき足に障害をかかえていて、会社勤めができませんでした。うちは両親が共働きだったので、おじはよく僕の面倒を見てくれました。膝の上に僕を座らせて、目の前で真っ白の

清野とおる（せいの　とおる）
1980年生まれ、東京都板橋区出身。1998年、ヤングマガジン増刊青BUTA掲載の『アニキの季節』でデビュー。その後『青春ヒヒヒ』『ハラハラドキドキ』を「ヤングジャンプ」で連載。代表作に「漫画アクション」連載中の『ウヒョッ！東京都北区赤羽』、「ヤングアニマルDensi」連載中の『Love&Peace ～清野とおるのフツウの日々～』、「SPA！」で連載中の『ゴハンスキー』など。最新刊『その「おこだわり」、俺にもくれよ!!』好評発売中。

※1『漫画少年』
1947年から1955年にかけて学童社から発行されていた漫画雑誌。手塚治虫の『ジャングル大帝』といった漫画連載の他、小説・読み物が充実していたのも特徴で、吉川英治、菊池寛などの文章も掲載さていた。漫画の投稿コーナーを設け、入選した作品を掲載。漫画界への登竜門的存在であった。

画用紙に絵を描いてくれたり。魔法のようでした。おじからはいろいろな影響を受けましたし、漫画のイロハも教わりました。

阿部 おじさんのこと、まだ漫画には描かれていませんよね？

清野 おじは恥ずかしがり屋だから、描くことを許してくれないんですよ。でも、おじのエピソードは、世に出したら結構すごい気がしていて、「トキワ荘」（※2）のメンバーの話とか。でも、僕は死んだら描くよと言っているので、長生きしてくれるんじゃないかな（笑）。

阿部 おじさんと過ごした子ども時代を経て、出版社の編集部に漫画を送ったのは高校生の時が最初ですか？

清野 そうです、講談社に送りました。そして高校3年生の時、「ヤングマガジン」に『アニキの季節』という漫画が掲載されま

※2 トキワ荘
東京都豊島区にかつて存在していた木造アパート。漫画家を志望する若者が全国から集まった。主な入居者に、手塚治虫、藤子不二雄（安孫子素雄、藤本弘）、石ノ森章太郎、赤塚不二夫など。

した。でも、その編集の方といまいち馬が合わなくて…。打合せに行っても、2時間くらい待たされたり。「なんだこいつ？」と思っても言えないじゃないですか。それで「見返してやりたい！」という気持ちを、原動力にして頑張ったんです。あてつけのように、ライバル誌の「ヤングジャンプ」（集英社）に投稿しました（笑）。

「ヤングジャンプ」では理解のある編集者の方につけました。恩人のような人ですね。もちろん、いまではデビューさせてくれた「ヤングマガジン」編集部にも感謝しています。その後は、「ヤングジャンプ」といい関係が築けて、あれよ、あれよという間に連載が決まり、大学3年生の時『青春ヒヒヒ』の連載がスタートしました。

就活の時期に連載が決まる。

阿部　「ヤングジャンプ」での連載は、大学に通いながら描いていたということですか？

清野　そうですね。サークルにもゼミにも入らず、友達もいなかったので、漫画と学校の両立は大変でした。

阿部　それでも授業に出席しながら、『青春ヒヒヒ』を書ききったと。

清野　いや、書ききる前に打ち切りになりました。連載が決まったのが大学3年生の時だったので、その時点で就活いっさいしてなかったんですよ。連載決まれば、あぁ、一生漫画家としてウハウハだ！　と思うじゃないですか（笑）。でも、実際には連載は半年で打ち切り、大学卒業して無職になっちゃいました。

阿部　漫画家の道を突き進むはずだったのに。

清野　「大学卒業してどうしたらいいですか？」と、担当編集に言ってみたものの、俺に言われても…と他人事でした。まあ当然といえば当然なんですけどね。集英社は、社内の一誌とだけ契約するんです。つまり、他の雑誌に投稿することができない。

阿部　そうなるともう、その一誌で描きつづけるしかないですね。

清野　半年後に『ハラハラドキドキ』という、高校生二人のお腹に人面瘡が出ちゃうっていうギャグ漫画を描きました。でも、そんなの人気出るわけないじゃないですか（笑）。まあ、その作品も半年で打ち切られました…。

お前の人生なんだから何してもいい。

清野　漫画家になったもののうまくいかないし、そのうちに描きたくなくなってしまったんですよ。何を描いても面白いと思えなくて、板橋の実家で何一つ描けないでいました。そのうちにバイトもやめてしまって。そこから、『東京都北区赤羽』（※3）のエピソードにつながります。

阿部　1巻あたりで描かれていたお話ですね。

清野　漫画の中では、両親が就職しろオーラを出して、居心地がわるくて家を飛び出したとなっているんですけど、あの部分、実は脚色です。実際、両親は何も言いませんでした。「お前の人生なんだから何してもいいんだよ」と、おおらかに見守ってくれていました。

阿部　優しさがプレッシャーになったりもしますよね。

清野　そこで憑りつかれたように物件を見に行ったんです。1軒目ですぐ決めて、飛び込むように一人暮らしをはじめました。

※3『東京都北区赤羽』（双葉社）赤羽の人と珍スポットを紹介する、清野とおるによる実録エッセイ漫画。2008年から2012年にかけて、携帯サイト『ケータイまんが王国』（Bbmfマガジン）にて連載。2013年以降は『漫画アクション』（双葉社）にて、続編『ウヒョッ！東京都北区赤羽』が連載中。

阿部　そこから赤羽での暮らしがはじまるんですね。

清野　最初はもう飲み歩いていただけです。

阿部　その中で、清野さんにとって、波に乗ってきたなというターニングポイントはどのあたりだったんですか？

清野　やっぱりブログですかね。２００７年ぐらいに書きはじめました。もう好きなことを好きに書こう、あとは就活しようと思ってました。でも、その時くらいから人気が出はじめて、「出版しませんか？」って声がかかるようになりました。みんな手のひら返しです。いままでもがいてたの、なんだったんだろうなと。

阿部　ブログはものすごく反響があった訳ですもんね。

清野　はい。それまで漫画を描いていても、読者からの反応なん

てほとんどありませんでしたし、半年に一人面白いと言ってくれる人がいるくらい。赤羽に引っ越してなければ、僕はもうこの世にいなかったかもしれません（笑）。

無欲で歩きつつ、全力で行く。

阿部　僕たち読者側からすると、清野さんが漫画で描いているような面白い人たちに出会えたり、面白い出来事に遭遇したりするのはどうしてなんだろうと感じるんですけど、何か秘訣はあるのでしょうか？

清野　町を歩いている時は特に何も考えていません。自然体でぼーっとしている方が、とんでもないものが視界に飛び込んでくる。無心でぼーっと、無欲で歩きつつ、ちょっと面白いことがあったら、全力でそこに行くのがいいんです。

阿部　懐に飛び込んでいけるのがすごいなと思います。清野さんは人見知りだったんですよね？

清野　いまでも人見知りですよ。そこはお酒の力です（笑）。正直、飛び込んでるのか、飛び込まれてるのかわからないですけどね。僕が声をかける人は奇人変人ばっかりです。どうしてそういう人たちが好きなのかというと、どう思われても平気という安心感があるんです。ふつうの常識人だと何考えてるのかな？と詮索したり、気を遣ったりしますけど、変人に対しては気遣いしなくていいからラクなんです。だからペラペラいけちゃうんですよね。

赤羽に住んでるのに赤羽に行きたい。

阿部　ドラマ化（※4）の話を聞いた時はどんなお気持ちでした？

※4『山田孝之の東京都北区赤羽』2015年1月期、テレビ東京系列にて『東京都北区赤羽』をモチーフとしたドキュメンタリードラマが制作された。主演は山田孝之。

清野　監督の松江さん（※5）とは付き合いも古くて、松江さんが撮るならと信頼していました。

阿部　僕はテレビシリーズ、本当に興奮して、釘付けになってしまいました。清野さんはドラマを見た時、いかがでしたか？

清野　3話目くらいまでは「山田（孝之）さん、赤羽で何やってるんだろう？」という感想をいだきました（笑）。それ以降は、映像を見てはじめて赤羽を客観視できたというか。ワニダさん（※6）とか、ちからのマスター（※7）とか、ふだんイヤというほど会っているのに、ドラマを見て会いたいなと思ったりして（笑）。赤羽に住んでいるのに、赤羽に行きたいなと思わせてくれたというか。

阿部　赤羽に対する気持ちの変化はありましたか？

※5 松江哲明
1977～
映画監督。日本映画学校の卒業制作として撮られた『あんにょんキムチ』で、山形国際ドキュメンタリー映画祭アジア千波万波特別賞、NETPAC特別賞などを受賞。『山田孝之の東京都北区赤羽』にて、山下敦弘とともに東京ドラマアウォード2015の演出賞を受賞。

※6 ワニダさん
赤羽のタイ料理居酒屋「ワニダ」（2014年閉店）のママ。引き続き「ワニダ2」を営業中。

※7「ちから」のマスター
赤羽の居酒屋「ちから」のマスター。2008年惜しまれつつも閉店。

清野　愛おしくなった後、すぐ元に戻りました。いまは普通ですね。何かが変わったということは一切なく、出た人がちょっと調子にのったくらいです。それもまた、かわいいですけどね（笑）。

引き出すというか聞き出す。

阿部　新作の『その「おこだわり」、俺にもくれよ‼』（※8）は、赤羽とは別軸で、「おこだわり」のある人を清野さんがじっくりレポートされていて、じわじわくる面白さが評判ですね。

清野　もともと、傍から見たらどうでもいいような、ささやかな趣味の話を聞くのが大好きなんです。

阿部　それが漫画の題材になったんですね。どうやってその面白さを引き出してるんですか？

※8『その「おこだわり」、俺にもくれよ‼』（講談社）清野とおるによるエッセー風漫画。2015年より『月刊モーニングtwo』（講談社）にて連載中。傍から見ればこだわる必要のない物・事にこだわりを見せる人物、通称「おこだわり人」をレポートする。2016年4月よりテレビ東京系列放送のフェークドキュメンタリードラマ『その「おこだわり」、私にもくれよ‼』（主演は松岡茉優）原作。

清野　引き出そうとしている訳ではなくて、酒の席の雑談の延長なんですよね。「昨日、何やってたんですか？　朝から順を追って教えてくださいよ」って聞くと案外答えてくれます。人って、思っている以上に素直です。

阿部　清野さんだからこそ、答えたくなっちゃうんですかね。

清野　話変わりますけど、阿部さんって、考えごとをするのは、外派ですか家派ですか？

阿部　僕は外派ですね。

清野　喫茶店ですか？

阿部　マクドナルドに行きますね。

清野　へー、マクドナルドですかー！　ケンタッキーでもモスバーガーでもドムドムバーガーでもフレッシュネスバーガーでもなくて。時間帯は何時くらいですか？

阿部　夜の9時半とかですかね。午前中は会社で、夜はマックでとか。

清野　ちなみに、何を注文されるのですか？

阿部　いつもコーヒーを頼んでますよ。

清野　コーヒーはホットですか？

阿部　いや、アイスですね。

清野　え！　アイスなんですか！　何故ですか⁉

阿部　書く時って、熱くなるので。冷やしたいなと思って（笑）。

清野　そこにミルクとか砂糖は……⁉

阿部　入れないですね、ブラックで！

清野　…とまあ、こんな感じです（笑）。
　引き出すというか聞き出すというか。中には僕と会うまで何をしていたのか、全部話してくれる人もいて、そうすると愛おしくなるんですよね（笑）。「ああそうか！　そうかね！　生きとるねえ！」と。

阿部　それって清野さんの相手の話を掘り下げていく力、そのものだと思います。

何があっても漫画を信じてください。

阿部　清野さんがこれから挑戦したいことってどんなことですか？

清野　旅行とか行きたいですね、一人で。毎日毎日…もう漫画は疲れました（笑）。でも半日描かないだけでそわそわしてくる。

阿部　やっぱり好きなんじゃないですか？

清野　好きではないですね（笑）。でも、プライベートで旅行に行っても、気になっちゃうんでしょうけどね。

阿部　もう体質なんですね。

清野　面白いもの見たら、描きたくなっちゃいますもん。みんなに知らせたいと思いますからね。面白いことを見つけた時は嬉しいですし、読者から反応をもらえるのも嬉しいです。けど、漫画にするまでの過程が嫌なんです。すごく大変だから。

阿部　これまでお話を伺ってきて、清野さんって根っからの漫画家ですよね。手を抜かないし、面白いことにストイックで。

清野　はい、漫画だけは真面目にやってるんで、何があっても漫画だけは信じてください。他は適当なので信じなくてもいいです（笑）。

すべての企画は幸福へ向かう。
〜企画でメシを食っていく〜

好きを貫く生き方

清野さんは目が離せない人だった。描いている漫画もさることながら、どんな状況でも面白がるその姿勢に惹きつけられる。対談の中で、次々と僕も聞き出されてしまったのは、清野さんが会話そのものを楽しんでいたからだ。

そんな清野さんが仕事をしていく中で、突き抜けた瞬間は「もう好きなことを好きに書こう」と思った時。そこから、清野さんの状況が一変していく。きっと、清野さんの「好き」を貫く生き方に、みんなが渦のように巻き込まれていったのだと思う。最後の章は、清野さんの話を受けて、「好き」との向き合い方、そして生き方について考えてみたい。

「好きなこと」と「向いていること」

「好きなことと向いていることが違ったらどうするんですか?」

そんな質問を、就職活動中の学生の方にされたことがある。仕事をしている誰もが一度は、この問いと向き合ったことがあるのではないかと思う。たとえば、何かをつくるクリエーティブの仕事が好きで、でも向いていると配属されたのが営業だった、さあどうする? というような話。

僕の返答はシンプル。もし、好きなことがあるのだとすれば、その好きなことを自分の気の済むまで追いかけた方がいい。好きというのは主観だから、自分が後悔しないためにも。

そして、向いていること。それは自分で「これ向いているな」と気づくことより、誰かから「向いていると思うよ」と言われることの方が多いと思う。つまり客観。自分ではなかなか気付けないその客観は、大切にした方がいい。

「好きなこと or 向いていること」という二択ではなく、「好きなこと × 向いていること」そこにこそ、自分にしかできないことがあるのではないか。それを実証するかのように、僕は30歳にしてやっと自分の生き方をつくれたと思っている。

自分の「好き」を微分する

僕は広告が好きだ。人事にいたあの時、インターンシップ生の姿に、心を打たれてから、広告をつくる、コピーを考える、という世界に惹かれて、のめり込むように勉強して、コピーライターの肩書きを手に入れて、なのにまったく成果が出なくて、打ちのめされて、それでも好きで諦められなくて、少しずつ結果を出して、いまに至る…。

でも、どうしてここまで来れたのだろう？

自分の「好き」を微分してみる。何かを考えるということが好きだから？　いや、もっとつぶさに見てみる。考えたことが伝わって、喜んでくれたり、いきいきしたり…言うなれば心に火がつく瞬間が好きなんだ。だからこそ、企てる、そして実現する「企画」という行為が好きなんだと気付いた。

そうして自分の中で辿り着いた「企画」という言葉は、僕の中で特別な響きになっていた。気になって「企」という字の語源を調べてみた。

人工知能に 取って代わられる仕事	90％の確率で 生き残るとされる仕事
電話オペレーター	ソーシャルワーカー
銀行窓口係	心理カウンセラー
タクシー運転手	医者
不動産ブローカー	聖職者
クレジットカードの審査員	経営者
レジ係	小学校の教師
法律事務所の事務員、秘書	振付師

出典）Frey, C. B., Osborne, M. A., *The Future of Employment: How susceptible are jobs to computerization?"* Oxford Martin School, University of Oxford, 2013. より抜粋して作成

人が止まると書いて「企」。横から見た「人」と立ち止まる「足」の組み合わせだそうだ。そこから、「人が足をまっすぐ伸ばして遠くを望むこと」を意味する。つまり、「企てるとはまだ見ぬ未来を望むこと」とも言えるかもしれない。ただ、僕たちを待ち受けている未来は、そう明るいものではないらしい。

予測される日本の未来

２０１４年に発表されたオックスフォード大学の調査によると、あと10年で７０２業種もの「消える職業」「なくなる仕事」があるそうだ。スポーツの審判や、レストランの案内係や、ホテルの受付係なんかもそこに入る。コンピューターの技術革新がすさまじい勢いで進むことで、人間にしかできないと思われていた仕事が、次々とロボットなどの機械に取って代わ

られるという。

人工知能が人間知能を超えるシンギュラリティ（技術的特異点）が起こるとされる２０４５年。いまからでは想像もできない未来が想定されている。まず日本の人口は１億人を切っているそうだ。そのうち４割近くが65歳以上になっているらしい。そして、日本のＧＤＰ成長率は１％未満で推移している。ちなみにアメリカは２％前後、中国は４％前後らしい。その結果、ＧＤＰは４位に転落。国と地方の借金は３０００兆円とされる。政治や経済、年金や社会保障の問題、それに、予測される震災など、不安要素は山積み…。

この状況で若者は未来に希望を持てているのだろうか？

２０１３年、日本、韓国、アメリカ、英国、ドイツ、フランス、スウェーデン（計７ヶ国）で、各国満13歳から満29歳までの男女に対して内閣府が行った調査がある。

「40歳になった自分は幸せになっていると思いますか？」

この問いに対して、日本で「そう思わない」と答えたのは33・８パーセントという結果が出た。他の国は10パーセント台だから、この数値はかなり高い。日本の若者は未来の幸せをあまりイメージできていないのだ。

それでも僕は思う。それがどうした、と。ロボットが人間の仕事を代わると言われても。人口減少時代と言われても。人口の4割近くが65歳以上になると言われても。それでも、未来は明るいはずだ。

予測を越える未来をつくる

データは過去にすぎない。事実はいま、僕たちの目の前にある。過去から予測された未来が、僕たちの未来なのだろうか。それだったら戦後の日本の厳しい情勢から、ここまで日本が成長することだってなかったと思う。予測を越える未来をつくる。それこそが「企画」なのではないかと強く思う。

こうすればもっと素敵になるなとか。ああしたらきっと喜んでもらえるなとか。想像とか妄想とか、ちょっとした野心とか。心に宿る企てをかたちにできるのが企画。もちろん考えることはすごく大変で、人に企画を見せるのはものすごくどきどきする。でも「それいいね！　やろう！」となった時は飛び上がるほどにうれしい。実現して喜んでくれる人がいたらたまらない。企画をしている時は、自然と後ろを向けない。可能性を信じる、ポジティブな心がなければできない。

きっと、世の中のすべての企画は、未来の何らかの幸福に向かって進んでいる。そしてそれこそ、前向きな気持ちでつながる「世の中に一体感をつくりたい」という僕の目指す生き方そのものだった。その目的を達成するために、僕が企画したのが「企画でメシを食っていく」という場だった。

企画する仲間を増やす

僕がこれから、一人で頑張りに頑張りを重ねて、毎年120パーセントずつ力をつけていくよりも、同じ志でつながる数十人もの仲間が105パーセントずつ伸びた方が、結果的に世の中は変わる。だからこそやるべきは、企画する仲間を増やすことだと思った。

2014年、そう思い立った僕はBUKATSUDOのコンテンツプランナーをしている木村綾子さんに連絡をした（木村さんとは、本屋B&Bのトークイベントで知り合うことができていた）。BUKATSUDOとは、株式会社リビタさんが運営する、横浜みなとみらいにあるコミュニティシェアスペース。大人の部活をテーマに、好奇心をくすぐるさまざまな講座を開講していた。企画力を身に付けられる講座をつくりたい、という思いもあったし、何よりＢＵＫＡＴＳＵＤＯのコンセプトがいいと思った。部活に存在する先輩後輩の関係性で学び合える場をつくれたらと考えたのだ。

基本的に何かを学ぶ多くの講座は、講師として大御所とされる方たちがずらりと並ぶ。そこにある「教える、教わる」という一方的な関係性ではなく、部活の1年生と3年生のような清々しい先輩後輩関係の方が、刺激の総量は大きいのではないかと思った。だからこそ、自分の道を見つけ、現場の第一線で活躍されているさまざまな業界の30代の先輩方をゲスト講師として招く。そして、後輩として企画の道を志す20代、30代の方たちが集まる場にしたい。僕はその場のモデレーター、部活で言うところのマネージャーのような役割をやります、という提案を木村さんにした。

「打合せしましょう！」

すぐに木村さんから返信をいただき、そこからＢＵＫＡＴＳＵＤＯ講座「企画でメシを食っていく」の準備がはじまった。どんな講師が来たら、受講生は喜んでくれるだろう？　クラスの人数は何人がちょうどいいだろう？　どういう人を選べばいい場になるだろう？　どんな風に募集告知をすればこの講座に来たいと思ってくれるだろう？

　途中でおかしくなってしまった。

　僕のしていることが、あまりに人事時代と重なるのだ。でも、あの時とはちがかった。人事時代に育んだ丁寧な調整力と、コピーライター時代に育んできた、心にさわる言葉を届けるという視点が掛け合わさっている。

「どうして僕が人事に選ばれたんだろう？」

　配属発表があった時、僕は不思議で仕方がなかった。けれど、僕にそういう適性がある、向いていると感じてくれていた人がいたのだ。客観的に僕を見てくれていた人がいたことを心から感謝した。

「コピーライター×人事」。自分の好きに、向いていることが掛け合わさった時、他のどこにも似たような人がいなくなった。僕らしい生き方というものが、やっと見えてきた気がした。

心に火をつける導火線

　BUKATSUDO講座「企画でメシを食っていく」は、約半年、全12回の講

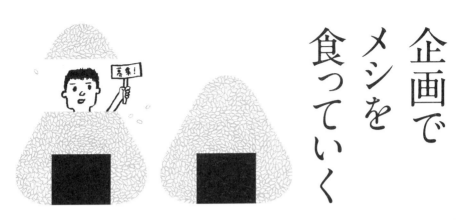

座を30人で受講していく。２０１５年、無事に第一期終了。今年、第二期のスタートを切ることもできた。

昨年やってみて、ここはキャンプファイヤーのような場だなと思った。講師という強烈な心の火を持った人を囲む。みんなで話を聞いて、課題を解いて、講義が終われば語り合う。その過程を経て、受講生一人ひとりが種火を持ち帰る。そして今度は、自分で火を熾《おこ》していく。さらに、それぞれがまわりにいる人の心に火をつけていく…。

「この場に来て、本当に人生が変わりました」

昨年、全講座の終了後にそう声を掛けてもらえたことも。提出した企画が評価された時、受講生の方のぱっと表情が明るくなる瞬間を見られたことも。僕にとって、生きてて良かったと思う時間そのものだった。

「企画は未来を変える」そうは言ってもそんなにすぐに変化はでないかもしれない。けれどもこの活動を5年、10年と続けていれば、いつか何かが変わると信じている。もちろん僕もモデレーターという立場に甘えず、心に火をつける導火線として動きつづけたい。一体感の「一」は、最初に自ら燃える「一人」でもあるのだから。

僕は清野さんの話を思い出していた。半日描かないだけでそわそわしてしまう。もはや体質になっている。僕も同じだ。コピーライターになった時、まさか自分が講座をつくることになるとは思いもしなかった。けれどいま、ふと気付いたら「企画でメシを食っていく」のことを考えている。どうしたら変わりたいという気持ちを後押しできるか。考える時間がとても楽しい。好きなことを、自分らしく突き詰める。いずれそれは、好きを越えて生き方になっていく。自分の生き方をつくること、それが自分の道をつくるということなんだと、僕は思った。

おわりに

待っていても、はじまるもの。

それは、時間。止められないし、勝手に進んでいく。あの時ああすれば良かったな、とか。なんで大切にできなかったんだろう、とか。いくら過去に思いを馳せても、いまだタイムマシンが発明される気配はない。だから、現実に向き合うしかない。いま、自分は何をしたいのか。この先、どこへ行きたいのか。ただ、考えることは楽ではない。しんどいはずだ。もっと言うと、行動を起こすのは面倒に感じるかもしれない。動いたって何かが変わる保証がある訳でもない。

このおわりにで伝えておきたいこと。

それは、待っていてもいい、待つことを選んでもいい、ということ。まずは既にある列に並んで、その場で最大限のことを学ぶのもありだと思う。いつか、変わりたくて、変わりたくて、いてもたってもいられない時のために。それまでじっとエネルギーを溜めておくのも一つの正解だと思う。

そしてもし、いまあなたがある環境にいて、新しいことをやりたい、現状を変えたい、このままじゃいられない、そう強く思ったら、勇気をふりしぼって未来への一歩を踏み出してほしい。それは、まわりの人とはちがう道なのかもしれない。もしかしたら失うこともあるかもしれない。でも、これだけは大切にしたいという潔さが、必ず前に進む原動力になるから。

人生をたぐり寄せる、と言うと大袈裟だけど、振り返ってみると、僕がしてきたことはまさにそうだった。新しい環境に飛び込む。出会いという偶然を大切にする、偶然を偶然で終わらせずに、連絡する、手紙を書く、会いに行く。そこから信頼関係を育てていく。脚本家の渡辺雄介さん、作家の白岩玄さん、映画監督の松居大悟さん、芸人の芦沢ムネトさん、社会学者の古市憲寿さん、漫画家の清野とおるさん。みなさんとの対談を実現できたのも、出会いのわらしべ長者のように、縁を大切にしながら次々と行動しつづけてきたからだ。

「待っていても、はじまらない。」この本のタイトルが、僕自身の背中をずっと押してくれていた。僕はこれからも進みたい。自分の意志で一歩、二歩と。どこまでいけるか、その先に何があるのかはわからない。だからこそ未来は面白いと信じて、堂々とわくわくしていこうと思う。

時間は待ってくれない。けど、自分の時間を、自分の生き方で行けば、それが自分の道になる。だから大変なことがあっても、めげずに、諦めずに、進もう。

この本に書かれた言葉が、あなたの勇気やきっかけになれることを心から願う。

もしあなたと会えた時、あなたの道の話を聞かせてもらえたらとても嬉しい。その日まで僕も、この言葉を大切にしながら自分の道を行こうと思う。

潔く前に進め。

2016年8月　阿部広太郎

【スペシャルサンクス】

コピーを教えてくれた師匠・先輩たち
西橋佐知子
福井秀明
石田茂富
小野寺理
澤田智洋

未来創造室のみなさん

恵比寿の仲間たち
高橋賢次
末岡真理子
高橋理

BUKATSUDO「企画でメシを食っていく」の仲間たち
木村綾子
内沼晋太郎
平賀めぐみ
力丸朋子
受講生のみなさん

コピーライター養成講座「先輩コース」のみなさん

学研よみものウェブ　ほんちゅ！のみなさん
南條達也
森田葉子
芦田隆介

クリープハイプのみなさん
尾崎世界観
小川幸慈
長谷川カオナシ
小泉拓

うわのそらたち
石神慎吾
木下龍也
鈴木智也

アメリカンフットボールチーム
BEARS・DUCKSのみなさん

家族
父・勇喜、母・利恵、兄・賢太郎

これまで仕事をご一緒
させていただいたみなさん

ここまで読んでくださったあなた

（敬称略）

【写真撮影】
下田直樹
若林邦治

【装丁】
中尾祐輝

【本文デザイン】
五十嵐明（有限会社ワンダフル）

【編集】
加藤聖子

【企画プロデュース】
安倍啓輔

【プロフィール】
阿部広太郎
あべ・こうたろう

1986年3月7日生まれ。埼玉県三郷市出身。
私立江戸川学園取手高等学校卒。
2004年、慶應義塾大学経済学部入学。
中学3年生からアメリカンフットボールを始め、
高校・大学と計8年間続ける。
2008年、電通入社。人事局に配属されるも、
クリエーティブ試験に合格し、入社2年目からコピーライターに。
「世の中に一体感をつくる」という信念のもと、
言葉を企画し、コピーを書き、人に会い、繋ぎ、仕事をつくる。
「言葉の人」であり「行動の人」であるために、
「待っていても、はじまらない」の姿勢で今日も活動中。
東京コピーライターズクラブ会員、
30オトコを応援するプロジェクトチーム「THINK30」所属。
世の中に企画する人を増やすべく、2015年より、
BUKATSUDO講座「企画でメシを食っていく」を立ち上げる。

待っていても、はじまらない。
——潔く前に進め

2016(平成28)年8月30日　初版1刷発行

著者　阿部広太郎
発行者　鯉渕友南
発行所　㍿弘文堂　101-0062 東京都千代田区神田駿河台1の7
TEL03(3294)4801　振替 00120-6-53909
http://www.koubundou.co.jp
印刷　大盛印刷
製本　井上製本所

ISBN978-4-335-55181-9